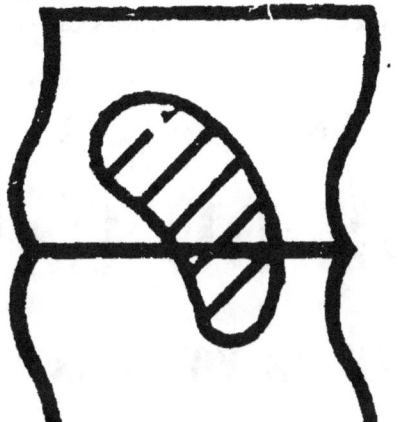

Illisibilité partielle

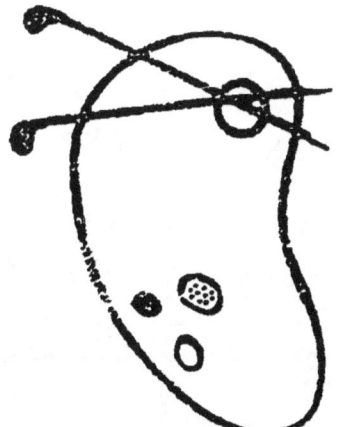

Début d'une série de documents
en couleur

LA
COLONIE DU CAP

AVENTURES DE VOYAGES

PAR

FRANZ HOFFMANN

TRADUIT DE L'ALLEMAND

AVEC L'AUTORISATION DE L'AUTEUR

PAR Mlle SIMONS

TOURS

ALFRED MAME ET FILS

ÉDITEURS

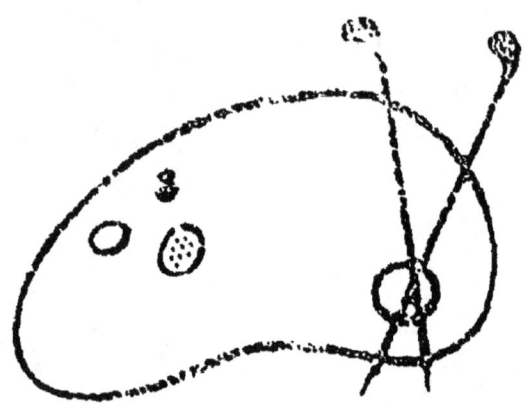

Tiré d'une série de documents
en couleur

LA
COLONIE DU CAP

—

2ᵉ SÉRIE IN - 8ᵉ

Mer phosphorescente.

LA
COLONIE DU CAP

AVENTURES DE VOYAGES

PAR

FRANZ HOFFMANN

TRADUIT DE L'ALLEMAND
AVEC L'AUTORISATION DE L'AUTEUR
PAR Mlle SIMONS

TOURS
ALFRED MAME ET FILS, ÉDITEURS
—
M DCCC LXXXVI

LA
COLONIE DU CAP

———◦→∗←◦———

I

HEUREUX CELUI QUI POSSÈDE UN AMI FIDÈLE

C'était par une belle matinée de printemps.
Le jardin de M. Eberard offrait ce jour-là un
aspect charmant. Le soleil scintillait sur la rosée;
les feuilles et les fleurs paraissaient couvertes de
diamants. Dans les branches d'un vieux pom-
mier, le pinson faisait résonner son chant en
l'honneur du Créateur, le merle répondait d'un
bosquet voisin, et l'alouette jetait ses notes per-
lées en s'élevant dans l'air.

La nature étalait son éclatante parure. A
côté de la pluie d'or s'épanouissait la blanche
boule de neige; plus loin le lilas, dont chaque
branche formait un bouquet; puis les fleurs roses
ou blanches des arbres fruitiers. Dans l'herbe se

cachaient les violettes; les jacinthes bleues, roses
et blanches élevaient avec les tulipes leurs têtes
sur un tapis de gazon.

Tout respirait la joie et la vie. Les scarabées
dorés tournaient en bourdonnant autour des
arbres, et les papillons aux vives couleurs voletaient d'une fleur à l'autre. Tous semblaient glo-
rifier, louer le Créateur.

En ce moment la porte du jardin s'ouvrit, et
un homme jeune encore entra. C'était M. Richard
Eberard. Il avait quitté sa couche de douleur,
et venait au grand air rafraîchir son front brûlant. Il était dans la force de l'âge, et pourtant
tout en lui trahissait un état maladif.

Richard Eberard était le fils unique d'un riche
négociant d'Anvers. Dès son enfance il avait été
gâté par sa mère. Le père avait tâché de remédier
aux fâcheuses habitudes de l'éducation mater-
nelle; mais il n'avait pu y parvenir. Alors il avait
pris chez lui, pour servir de modèle et de compagnon à Richard, le fils d'un pauvre commis.

Conrad Waldek avait une nature excellente; il
était fort intelligent, toujours gai, et aimant pas-
sionnément la nature; il lui était difficile de rester
toute la journée à l'intérieur de la maison. Sa
société eut sur Richard une influence salutaire,
qui malheureusement ne fut pas de longue durée.
Pendant quelque temps il suivit les bons conseils

de son ami, secoua son indolence naturelle et
entreprit de longues promenades dans les champs
et la forêt. En peu de temps ses joues prirent
une couleur plus naturelle, et son appétit fut
meilleur.

Bien plus, Richard imita Conrad dans son
ardeur à l'étude, et il fit des progrès rapides.
M. Eberard se félicitait de son heureuse idée,
lorsque l'hiver avec ses neiges et ses frimas vint
rejeter Richard dans l'indolence. Il aima mieux se
chauffer près d'un bon feu que de chercher par
un exercice salutaire la chaleur nécessaire au
corps. En vain Conrad épuisait-il toute son élo-
quence, Richard refusait.

Un jour son père lui ordonna de se promener.
Richard obéit; mais il prit froid et s'enrhuma
fortement.

A partir de ce jour, Mme Eberard défendit toute
sortie pendant l'hiver. M. Eberard renvoya alors
le compagnon de jeu de son fils, mais non sans
lui demander de venir voir souvent son petit
ami. Le négociant lui donna en outre les moyens
de faire ses études.

A partir de cette époque, Conrad vint presque
tous les jours passer une heure avec Richard.
Plus tard Conrad partit pour l'université de Lou-
vain; mais il passa ses vacances autant dans la
maison de Richard que chez son père.

Richard Eberard aimait de tout son cœur le bouillant jeune homme, qui était son seul ami. Des années se passèrent ainsi sans amener de notables changements dans leur vie. Richard resta faible, maladif, et relativement ignorant, tandis que Conrad devint la vivante image de la jeunesse forte et instruite.

M. et Mme Eberard moururent peu de temps l'un après l'autre. Richard faillit succomber à la douleur que lui causa cette perte; dans son délaissement il s'adressa à Conrad.

« Viens, lui écrivit-il, mon dernier ami et mon frère; je partagerai avec toi la fortune de mes parents; mais viens, et ne me quitte plus. »

Conrad ne tarda pas à répondre :

« Je viendrai, mon cher Richard; la reconnaissance que je dois à ton père me fait un devoir de soigner son fils aussi bien que je pourrai. Toutefois je te prie de patienter pendant quelques semaines. Je suis sur le point de conquérir mon diplôme de docteur en médecine, et par conséquent fort occupé en ce moment. Dès que j'aurai atteint mon but, je volerai vers toi. »

Plusieurs semaines étaient passées depuis la réception de cette lettre, et Conrad pouvait arriver d'un jour à l'autre. Richard l'attendait avec impatience, et cette impatience contribua à le rendre encore plus débile. Le matin où commence notre récit, il ne pensait qu'à l'arrivée prochaine de son ami, et s'arrêtait souvent dans sa lente promenade pour dire en soupirant :

« Comme il se fait attendre! S'il était ici, j'irais certainement mieux. »

Il s'approcha enfin d'un berceau de jasmin; là il s'assit, posa sa tête entre ses mains, et, pensant à ses chers parents, que la mort lui avait enlevés si rapidement, il fondit en larmes et s'écria :

« O mon Dieu! pourquoi m'avoir laissé vivre, moi pauvre créature malade et faible, moi qui suis à charge à moi-même et aux autres! »

Pendant ce temps un jeune homme était entré sans être remarqué de Richard; il avait jeté un regard de compassion sur le malade et l'observait pensivement. Il paraissait avoir quelques années de plus que le jeune Eberard. En entendant l'exclamation de Richard il avança, et, embrassant son ami, il lui dit :

« Non, Richard, il ne faut pas mourir. Avec l'aide de Dieu tu vivras, tu vivras heureux et bien portant.

— C'est toi, Conrad! » s'écria Richard, et un sourire joyeux se joua sur ses lèvres décolorées. « Certes, je serai heureux maintenant pendant le peu de temps qu'il me reste à vivre. Quelle bonne

mine tu as, mon cher Conrad! Hélas! que suis-je
auprès de toi!

— Oui, Dieu merci, je me porte à merveille,
répondit le jeune Waldek en souriant; tu feras
de même si tu veux suivre mes conseils. Tu es
jeune encore, plus jeune que moi, et, bien que
tu aies négligé de te fortifier, surtout dans ton
enfance, rien n'est encore perdu si tu as seulement du courage, de la persévérance et aussi
confiance en moi. »

Richard hocha la tête.

« Trop tard! dit-il avec un sourire doulou-
reux, bien trop tard! Tu verras tomber les feuilles
mortes sur ma tombe prématurée. Je suis perdu.

— Folie, mon garçon; où prends-tu de telles
idées?

— Elles me viennent d'elles-mêmes, répliqua
Richard. Tu sais, Conrad, je ne suis pas supersti-
tieux; mais, dans la nuit qui a suivi la mort de mon
père, un rêve m'a averti de ma mort prochaine.

— Un rêve! s'écria Conrad avec impatience.
Voyons, raconte-le-moi.

— Je te le dirai, Conrad; viens t'asseoir à côté
de moi : tu es le seul homme sur la terre pour
qui je n'aie point de secret. »

Conrad se plaça près de son ami, lui prit une
main qu'il pressa dans les siennes, et dit :

« Parle, mon cher, je t'écoute.

— Comme tu le sais, mon père mourut deux
jours après qu'on eut porté ma pauvre mère à sa
dernière demeure. Il me semblait que mon cœur
allait se briser, que je ne pourrais survivre à la
perte de mes chers parents. Mes larmes coulèrent
jusque bien avant dans la nuit; à la fin je m'en-
dormis. J'étais épuisé et comme engourdi. Tout
à coup il me sembla qu'on ouvrait la porte de
ma chambre. Je levai les yeux, et je vis mon
père comme s'il était encore en vie. Toutefois son
visage était transfiguré, et ses yeux brillaient
d'un rayonnement céleste. Il s'avança vers ma
couche à pas lents et lourds, saisit ma main, et
d'une voix que j'entends encore, tant elle était
douce, il me dit :

« — Pourquoi pleures-tu, mon fils? pourquoi
te chagrines-tu? En peu de temps tu iras dans
un pays plus beau, où des amis fidèles t'accom-
pagneront. »

« En même temps le ciel parut s'ouvrir : un
paysage d'une beauté ravissante, avec de hauts
palmiers sur lesquels grimpaient des plantes
couvertes de fleurs magnifiques, s'offrit à ma
vue. Autour des fleurs voltigeaient des papillons
aux couleurs variées; des oiseaux d'une beauté
inconnue à nos contrées se balançaient sur les
branches des arbres et faisaient scintiller au soleil leur plumage splendide.

« C'est le ciel, me dis-je; c'est là que ton père t'attend, là que tu oublieras toutes les peines et les souffrances de cette vie.

« Mon père me fit alors signe en souriant, et aussitôt je le vis disparaître dans un nuage.

« Conrad, je te le demande, n'est-ce pas un présage de ma mort? Tout ne me l'annonce-t-il pas? non seulement ce rêve étrange, mais ma santé si ébranlée, mon esprit qui aspire à retrouver ceux que Dieu a appelés à lui? Bientôt, mon cher ami, tu accompagneras ma dépouille mortelle à sa dernière demeure. »

Conrad sourit avec indulgence.

« Tout songe est mensonge, dit-il. Il n'est point étonnant que tu aies vu ton père en rêve, puisque toutes tes pensées étaient absorbées en lui; et le paysage enchanteur que tu as entrevu ne me surprend pas non plus, ton imagination l'a créé. Tout est naturel dans ton rêve, hors la conséquence que tu en veux tirer. Si Dieu avait voulu nous faire prévoir notre fin prochaine, il nous aurait donné une faculté de plus. Ce que tu appelles pressentiment est un effet de ta tristesse et de ta maladie. Toutefois, comme ton père, je te dis : Aie bon courage. Il t'a promis des amis fidèles, et me voici le premier. Ne t'inquiète pas du reste, et confie-toi en Dieu, qui ne délaisse aucun de nous. C'est de lui que te viendra le plus grand des trésors : une bonne santé. Mais, dis-moi maintenant, où as-tu résolu de me faire élire domicile? chez mon père ou auprès de toi?

— Mon bon ami, tu ne me quitteras pas! s'écria Richard en saisissant la main du jeune Waldek; si ton père veut absolument t'avoir près de lui, qu'il vienne chez moi : ma maison est assez grande pour nous trois. Dis vite que tu acceptes.

— Je ne demande pas mieux; en tout cas, tu comprends qu'il faut que j'aille d'abord voir mon père. Je ne l'ai pas encore embrassé, et je lui apporte une bonne nouvelle.

— Et laquelle?

— C'est que j'ai bien passé mes examens, et que je reviens avec le diplôme de docteur en médecine. Je puis exercer dès aujourd'hui.

— C'est une nouvelle très heureuse, mon cher Conrad. Ainsi tu ne nous quitteras plus. En attendant d'exercer ta science sur les autres, tu te voueras à moi seul. Tu sais combien je suis malade, je te donnerai assez de besogne, et si tu me guéris tu peux être sûr que ta renommée s'étendra vite dans la ville. Je serai ton seul client; c'est convenu.

— Soit, répondit Conrad après quelques minutes de réflexion, mais à la condition que tu promettes de suivre mes conseils et mes prescriptions.

— Je te le promets.

— En ce cas, je te promets à mon tour de te rendre aussi bien portant que moi; je commence tout de suite ton traitement. Tu vas m'accompagner chez mon père, qui sera enchanté de nous voir tous les deux. »

Richard fit plus d'une objection à cette promenade; il parla de sa trop grande faiblesse, etc.; mais Conrad ne céda pas, et le jeune Eberard se rendit enfin à l'ordre de son ami.

« Cette promenade est le commencement de ta guérison, dit le jeune médecin. Que le bon Dieu bénisse mon entreprise, c'est-à-dire qu'il te donne une santé florissante! »

II

PROPHÉTIE

Conrad tint parole. Il ne quitta plus son ami, demeura dans la même maison que lui, coucha dans sa chambre, et lui consacra non seulement tout son temps, mais encore tout son savoir. Il le fit par affection pour Richard, comme aussi par reconnaissance pour les bienfaits qu'il avait reçus de M. Eberard père.

Toutefois, malgré la peine qu'il se donnait pour délivrer son ami de ses tristes pressentiments, il n'y parvenait pas. A peine si, à force de soins constants, il put fortifier un peu cette santé débile.

L'état du jeune Eberard ne laissa pas que d'inquiéter Conrad ; il se creusa la tête pour trouver le moyen de le guérir de son humeur sombre ; mais ce fut en vain.

Un jour qu'il se promenait dans le jardin, cherchant des remèdes nouveaux, il songea au rêve malheureux de son ami. Ce rêve le préoccupa presque autant que Richard lui-même, bien que d'une autre manière. En réfléchissant ainsi, il arriva à l'extrémité du jardin, qui était séparé d'une promenade publique par un grand portail en fer.

Conrad sortit et vit non loin de là une vieille femme misérablement vêtue. A peine eut-elle aperçu le promeneur, qu'elle se leva, et d'une voix tremblante lui demanda l'aumône.

Le jeune médecin la regarda un instant, puis lui donna une pièce d'argent. Voulant échapper aux remerciements de la pauvresse, il se détourna et continua sa promenade.

La vieille femme jeta un regard surpris et joyeux sur la riche aumône qu'elle venait de recevoir; une larme roula lentement sur ses joues flétries.

« Merci, mon Dieu! murmura-t-elle, vous ne délaissez pas le pauvre et l'orphelin. »

Puis, marchant aussi vite que son grand âge le lui permettait, elle suivit Conrad et l'appela. Le jeune médecin se retourna et demanda si elle n'était pas contente.

« Si fait, mon bon Monsieur, répondit la vieille; vous m'avez tant donné, que je ne puis m'empêcher de venir vous remercier. Que le bon Dieu vous bénisse et vous fasse vivre heureux pendant autant d'années que vous venez de me délivrer de minutes anxieuses. »

Cette façon de s'exprimer, l'émotion, la gratitude visible de la vieille femme déterminèrent Conrad à la regarder plus attentivement.

« Qui êtes-vous, ma bonne femme ? demanda-t-il. Puis-je vous être utile à quelque chose ?

— Merci, mon généreux bienfaiteur, nous avons de quoi vivre pour quelque temps, moi et ma petite-fille malade. Ah! les hommes sont parfois bien durs ! Depuis plusieurs semaines je n'avais pas reçu de charitables dons, je n'avais pas entendu une parole bienveillante. Tout le monde fuit la vieille Esther.

— Pourquoi vous fuit-on? demanda le jeune homme.

— Parce que je suis une bohémienne et qu'on me croit païenne. Il y a pourtant de longue s années que j'ai renoncé aux erreurs de mon peuple et que, aidée de la grâce de Dieu, je suis devenue chrétienne.

— Vous êtes une bohémienne, ma bonne femme ! s'écria Conrad, frappé d'une inspiration subite ; alors vous pourriez me rendre un grand service, qui vous sera payé avec générosité ; de plus je soignerai votre petite-fille malade , car je suis médecin, et, avec l'aide de Dieu, je lui rendrai la santé.

— Je serai heureuse de pouvoir vous être utile, et je ne vous demande pas de récompense, répondit la vieille femme. Dites-moi ce qu'il faut faire, et vous verrez que la vieille Esther saura reconnaître votre générosité. »

Conrad parla pendant une heure avec la bohémienne; ce qu'il demandait devait être d'une grande importance, car, après cette longue conversation, il accompagna la vieille Esther jusque dans la ville, d'où il ne revint que vers midi. Il avait été absent pendant plus de trois heures, et Richard était déjà inquiet.

« Où as-tu été pendant toute la matinée? » s'écria-t-il avec humeur.

Conrad fit semblant de ne pas comprendre le reproche; il avait l'air content.

« J'étais sorti pour faire une promenade dans les allées derrière le jardin, dit-il; là j'ai rencontré une pauvre femme qui avait sa petite-fille malade; je lui ai promis de la guérir, et je pense y réussir. Après cela je me suis oublié un peu à flâner devant les magasins, et puis, séduit par la beauté de la matinée, j'ai été retenir une barque au bord de l'Escaut. Je pense qu'une promenade sur l'eau te fera plaisir.

— Certainement, s'écria Richard; mais, ajouta-t-il en hésitant, ne crains-tu pas que l'humidité ne me fasse mal ?

— Point d'objections, mon cher client, répondit Conrad en souriant. Moi, ton médecin particulier et ton ami fidèle, je réponds de ta santé. Tu peux me suivre sans crainte : l'air délicieux, la vue de la nature, le mouvement cadencé des ondes, tout te fera du bien. Notre partie est convenue, n'est-ce pas ?

— Certainement, et avec plaisir ; si tu crois que cela ne doive pas nuire à ma santé, repartit Richard, je t'accompagnerai partout où tu iras.

— Qui sait ? répondit Conrad avec un sourire particulier. Enfin nous verrons ; pour le moment tu n'as qu'à m'accompagner sur l'Escaut. »

Bientôt, après le dîner, les deux amis quittèrent leur maison et se rendirent au bord du fleuve.

La barque que Conrad avait retenue avait été transformée en gondole. Un baldaquin de couleur abritait les passagers contre le soleil, en permettant au regard de s'étendre de tous côtés. Des fauteuils moelleux attendaient les deux amis. Trois musiciens devaient égayer la promenade.

« Mais c'est ravissant ! s'écria Richard, ému de l'attention de son ami. Que de remerciements je te dois pour cette surprise agréable ! »

Conrad accepta en souriant les éloges du jeune Eberard, puis il lui offrit la main pour monter dans la barque. Aussitôt qu'ils y furent, elle quitta la terre, entraînée par le courant.

Les deux rives, avec leurs jardins bien cultivés et les magnifiques villas, offraient un aspect charmant. La vue du fleuve, avec ses nombreux bateaux, depuis la petite barque du pêcheur jusqu'aux vaisseaux à trois mâts venant des pays lointains ; les chants joyeux des matelots, se mêlant aux sons harmonieux de la musique ; le ciel bleu, s'étendant comme une voûte splendide, et même le vent léger qui rafraîchissait un peu les ardeurs du soleil et faisait rider la surface des ondes scintillantes ; enfin la joyeuse conversation de Conrad : tout causait à Richard un plaisir qu'il n'avait pas goûté depuis longtemps.

« Quelles splendeurs ! s'écria-t-il avec enthousiasme. Ah ! si on pouvait ainsi parcourir le monde, tout observer, voir tout ce que les pays lointains offrent de beautés de la nature ! Voyager doit être une des plus agréables distractions de l'homme.

— Pourquoi, si tu en juges ainsi, ne pas te donner cette satisfaction ? répondit Conrad vivement. Tu es assez riche pour armer un vaisseau selon tes goûts et te faire conduire où tu le dé-

sires. Je ne puis que t'encourager à exécuter
cette idée. »

Richard secoua la tête avec un sourire mélan-
colique ; puis, poussant un soupir, il répondit :

« C'était une folle idée, hélas ! Un moment
j'avais oublié mon rêve. Si je mourais loin d'ici,
qui rapporterait mon corps ? qui l'ensevelirait à
côté de mes parents ? Et en outre, quel plaisir
aurais-je à faire seul ce voyage ? Ignorant
comme je le suis, qui m'instruirait et qui attire-
rait mon attention sur ce qui est vraiment digne
d'être admiré ? Non, mon cher Conrad, au lieu
de parcourir le monde, mieux vaut pour moi rester paisiblement dans ma patrie et y attendre ma
fin prochaine.

— Et si je t'accompagnais, Richard, te résou-
drais-tu à partir ? demanda Conrad.

— Cela changerait la question, mon cher ami ;
mais, va, je ne suis pas assez égoïste pour demander un tel sacrifice à ton amitié ; car, après
tout, combien la jouissance durerait-elle ? Peut-
être que j'aurais pour toujours fermé les yeux
avant d'atteindre la côte désirée.

— Ce n'est pas cela que je crains, riposta Conrad. Au contraire, je crois qu'un voyage dans les
contrées étrangères aurait une bonne influence
sur ta santé ; et, quant à moi, tu connais mon
affection pour toi ; de plus je ne regarderais nul-

lement comme perdues les années que je passerais avec toi hors de l'Europe, surtout si mes espérances se réalisaient et que tu revinsses en bonne santé et délivré du vain fantôme de ton imagination. Réfléchis sur ce que je te propose, mon cher garçon ; tu sais que tu peux compter sur moi.

— Je le sais, s'écria Richard en pressant la main de son ami, et je t'en suis reconnaissant. Mais tout est inutile, je ne puis partager ton espoir : mon rêve est toujours présent à ma mémoire.

— Ah ! si tu pouvais enfin oublier ce maudit songe, cela vaudrait mieux pour toi que toutes mes mixtures ! s'écria Conrad impatienté. Voyons, aie donc un peu de confiance et fais ce que je te dis. Un voyage lointain, une vie mouvementée dans un pays nouveau, des luttes incessantes avec la nature feront de toi un autre homme. Mais tu ne veux pas...; il ne nous reste donc qu'à patienter. »

Conrad changea de sujet de conversation.

La barque avançait toujours ; déjà les rives s'élargissaient, car on s'approchait de plus en plus de la mer. Richard parlait de retour, lorsqu'on arriva en vue d'un îlot d'où partaient de joyeux éclats de rire, mêlés de chant et de musique.

Conrad donna ordre d'avancer, afin de voir la
fête qu'on donnait dans l'île. Sur une grande
prairie ombragée par quelques arbres séculaires,
une foule aux costumes étranges dansait aux
sons d'une mandoline et d'un tambourin.

« Quelles sont ces personnes ? s'écria Richard.

— Ce sont des tziganes, répondit Conrad, jetant un regard indifférent sur le groupe joyeux.
Ils ont sans doute gagné un peu d'argent et le
dépensent ainsi.

— Des bohémiens ! s'écria Richard; je ne serais pas fâché de les voir d'un peu plus près.
Te rappelles-tu, Conrad, les histoires de tziganes que nous racontait notre bonne Martha ?
Elle croyait fermement que quelques-uns d'eux
savaient prédire l'avenir rien qu'en examinant
la main, et elle ajoutait qu'elle avait vu se réaliser leurs prédictions. Si nous débarquions et
si nous nous promenions au milieu d'eux?

— Je ne demande pas mieux, répondit Conrad en réprimant un sourire; ils ne nous feront
pas de mal, mais ils voudront lire dans notre
main et nous demanderont de l'argent.

— Nous leur en donnerons, et ils nous diront
la bonne aventure. Il y a longtemps que j'aurais
voulu l'entendre. Quel heureux hasard de rencontrer ces gens-là ! »

Peu de minutes après, nos amis descendaient à

terre et s'approchaient du groupe folâtre, qui ne semblait pas faire attention à la venue des étrangers. Les hommes restèrent couchés paresseusement sur l'herbe ; les jeunes gens et les jeunes filles continuèrent leur danse légère. Une vieille bohémienne jouait de la mandoline, et une enfant assise à côté d'elle l'accompagnait sur un tambourin ; l'une et l'autre jetèrent un regard distrait sur les deux amis.

Ceux-ci regardèrent la danse avec un grand intérêt. Tout à coup la vieille bohémienne fit entendre un accord final, qu'elle affaiblit en posant sa main sur les cordes tremblantes de l'instrument. L'enfant jeta le tambourin, et la danse cessa.

Les deux jeunes gens se virent alors entourés de bohémiens, qui, le sourire aux lèvres, les regardaient avec des yeux brillants. La vieille s'approcha des étrangers et s'inclina à la manière orientale en croisant ses mains sur sa poitrine.

« Soyez les bienvenus, jeunes gens aux cheveux d'or ; soyez les bienvenus parmi les bruns enfants de l'Égypte, dit-elle. Est-ce un hasard heureux ou une intention déterminée qui vous amène au milieu de nous ?

— Nous avons entendu vos chants et vu votre ronde joyeuse, répondit Conrad, et nous sommes venus nous réjouir de votre joie.

— Vous avez bien fait. Ella vous fait un bon accueil au milieu des siens. Pour vous elle jouera ses plus jolies rondes. Allons, enfants de l'Orient, montrez à ces nobles étrangers ce que vous savez faire. »

Une danse plus gracieuse encore que la première commença. Des jeunes gens aux formes élancées se balançaient avec grâce. Richard surtout ne pouvait se lasser de regarder ce joli spectacle. Quand la danse fut finie, une jeune fille se détacha des autres et s'avança.

« Ella m'envoie vers vous pour vous prédire l'avenir, jeunes étrangers aux cheveux d'or, dit-elle. Wanda est habile, elle sait lire dans les mains ; l'avenir n'a point de secrets pour elle. Voulez-vous connaître votre sort ?

— Certainement ! » s'écria Richard en tendant sa main.

Wanda saisit cette main ; elle avait déjà commencé à regarder les lignes, lorsque Conrad l'empêcha de parler en disant :

« Il est facile de prédire, mais plus difficile de prouver que les prophéties qu'on fait se réaliseront. Si tu veux que nous ayons confiance en toi, dis-nous d'abord notre passé. Nous reconnaîtrons ainsi si ta science est véritable. »

La jeune fille secoua la tête en souriant.

« Le jeune étranger ne peut connaître Wanda ; elle lui pardonne donc son doute, qui bientôt sera dissipé. Donne-moi ta main. »

Conrad obéit, et, après quelques minutes d'examen, la jeune fille dit :

« Le passé et l'avenir sont aussi clairs pour moi que le ruisseau qui vient de la montagne et où se mirent les fleurs et les animaux.

« Tu dois tout ton bonheur à un généreux protecteur, et tu' t'es acquis pour toujours un ami fidèle. Le grand Esprit n'a mis que du bonheur dans ta destinée ; tu sauveras plus d'un moribond. Heureux celui qui aura confiance en toi. »

Richard écoutait avec surprise.

« C'est la vérité ! s'écria-t-il. Mon père était son protecteur ; moi-même je suis l'ami fidèle. »

Wanda interrompit son exclamation.

« Tu as eu une preuve de ma science, veux-tu me confier maintenant ta main ?

— La voici, répondit Richard ; quelles que soient tes paroles, j'y aurai foi. »

L'examen de Wanda fut long.

« Veux-tu savoir ton passé, ou Wanda ne te dira-t-elle que l'avenir ? demanda la jeune fille.

— Le passé d'abord, l'avenir ensuite.

— Écoute donc. Ta jeunesse a été heureuse et

malheureuse tout ensemble, et l'affection en était la cause. L'amour de tes parents t'a rendu heureux; mais cet amour était aussi de la faiblesse. Ils se sont promptement suivis dans la tombe..., pauvre jeune homme ! mais il te reste un ami. Qu'est-ce ceci? Un rêve !... un rêve qui t'inquiète parce que tu ne sais pas lui donner sa juste interprétation. Pourquoi n'écoutes-tu pas la voix de ton ami? »

Surpris et interdit, Richard s'écria :

« C'est vrai ! Si incroyable que cela puisse paraître, elle dit la vérité. Jeune fille, d'où te vient cette science ?

— Ne me questionne pas, je ne pourrais te répondre, repartit la bohémienne. Veux-tu savoir maintenant ce que l'avenir te réserve?

— Je le redoute presque, répondit Richard avec mélancolie; pour moi tu n'auras pas de paroles d'espérance et de bonheur. Mais n'importe, pourquoi craindre d'entendre par ta bouche ce que je sais déjà par mon rêve? »

Sa main tremblait un peu. Wanda la prit et la regarda en souriant.

« Tu n'as pas de raison de te plaindre, dit-elle; cette ligne, qui s'écarte loin de la paume pour aller joindre la naissance de l'autre ligne, signifie une vie longue et heureuse comme il est donné à peu d'hommes de l'espérer. Cette ligne-ci annonce un trésor incalculable; mais tu ne le trouveras que loin d'ici. Va, jeune homme, hâte-toi de le chercher au pays des palmiers et des fleurs aromatiques. Ton ami t'accompagnera et t'aidera à conquérir ce trésor. Wanda a parlé..., elle ne voit plus rien. »

La jeune fille laissa retomber la main.

« Quel est ce trésor que tu promets? s'écria Richard, dont la surexcitation était vive. Quel est ce bonheur? Wanda, si tu veux me le dire, je te donnerai ce que tu désireras.

— L'œil intérieur de Wanda est fermé, elle ne voit plus rien, » répondit la jeune fille.

Richard la pria avec instance; mais elle secoua la tête et disparut au milieu de ses compagnes.

Le jeune Eberard voulut la suivre; Conrad le retint.

« Tu l'interrogerais en vain de nouveau. Aucune puissance humaine n'arracherait plus une parole à la jeune fille. Contente-toi de ce qu'elle t'a dit...; tu sais que tout cela n'est que folie. »

Richard n'aurait certainement pas écouté les observations de son ami, si les bohémiens eux-mêmes n'eussent coupé court à tout autre interrogatoire en disparaissant sur leurs barques rapides. Seule la vieille tzigane resta en arrière pour adresser quelques paroles à nos amis.

« Au revoir, jeunes étrangers, dit-elle. Ella et son peuple vont partir.

— Non pas ! non pas ! s'écria Richard ; je veux revoir Wanda, ne fût-ce que pour lui témoigner ma reconnaissance.

— Wanda est partie, ton œil ne la reverra peut-être jamais. Le bohémien n'a point de patrie, il pose son pied errant sur toutes les contrées de la terre.

— En ce cas prenez cette bourse pour elle et pour vous ; je serai heureux si le hasard nous met encore en présence l'un de l'autre. »

La vieille accepta la bourse, dit encore quelques paroles de remerciement et disparut.

« C'est merveilleux et incompréhensible ! s'écria Richard ; il y a donc vraiment des êtres pour qui l'avenir n'a point de secrets ! Je puis à peine le croire, bien que je vienne de l'éprouver moi-même. »

Conrad ne répondit pas.

Les deux amis retournèrent à leur barque et gardèrent longtemps le silence. Richard le rompit le premier en s'écriant :

« Il me semble rêver en pensant à cette rencontre ; si je ne te voyais pas à côté de moi, je croirais que tout cela n'est qu'un jeu de mon imagination.

— Et qu'est-ce donc de plus ? demanda Conrad. En peu de jours tu l'auras oublié.

— Non certainement, s'écria le jeune Eberard ; je ne pourrai oublier les paroles de cette jeune fille. Elle a lu dans ma main toute ma vie passée ; elle a même vu ce rêve, dont je n'ai parlé à personne qu'à toi ; comment ne croirais-je pas ce qu'elle a dit de mon avenir ? Elle m'a promis un trésor dans le pays des palmiers. Que signifie cette prédiction ?

— Si tu veux l'éprouver, tu n'as qu'à faire tes malles et à partir ; je t'ai toujours conseillé un voyage. »

Richard resta quelques minutes sans répondre ; il réfléchissait. Enfin il s'écria :

« Eh bien ! je voyagerai, je parcourrai ce pays des palmiers, pourvu que tu veuilles bien m'accompagner, mon cher Conrad.

— Il le faut, si je ne veux donner tort à la diseuse de bonne aventure, répondit le médecin en riant. Elle t'a promis qu'un ami t'accompagnerait ; je suis cet ami, bien que je regarde toute cette histoire comme une plaisanterie.

— Ne dis pas cela, Conrad ; n'a-t-elle pas vu notre passé ?

— C'est vrai ; mais ces bohémiens connaissent vite les personnes marquantes d'une ville, et M. Eberard, dont la richesse est connue dans tout Anvers, ne pouvait échapper à leur perspicacité.

— Mais mon rêve, Conrad, comment expliqueras-tu qu'ils en aient eu connaissance ?

— Il suffit que quelqu'un ait entendu notre conversation et en ait parlé à la bohémienne.

— Non, je n'accepte pas cette explication, répondit Richard avec humeur. Ce serait une singulière rencontre de circonstances fortuites. Il eût fallu de plus que Wanda fût instruite de notre promenade sur l'eau et eût prévu notre débarquement sur l'île ; et, en fin de compte, je ne porte pas mon nom écrit sur mon visage.

« Non, Conrad, tes explications me sembleraient encore plus étranges que la prédiction elle-même. Je te demande sérieusement : M'accompagneras-tu si je fais un voyage lointain ?

— Assurément ; car, d'après mon opinion raisonnée, je te répète qu'un tel voyage ne sera pas seulement utile à ta santé, mais encore il développera ton intelligence et augmentera ton savoir, réparant ainsi les torts que t'a causés une trop grande affection. Je bénirai notre rencontre avec les bohémiens si elle contribue à te délivrer de la folle préoccupation de ton rêve et te décide à entreprendre un voyage. Qu'importe si nous ne trouvons point de trésor dans le pays des palmiers ! Tu es assez riche pour pou-

2*

voir t'en passer, et la santé est un bien ines-
timable.

— C'est décidé alors, s'écria Richard, nous
partirons. Que Dieu nous assiste dans notre
voyage ! »

————————

III

Richard, ayant pris la détermination de faire
ce voyage, ne songea plus qu'à l'entreprendre.
Il obtint facilement l'assentiment de son tuteur,
Conrad et les médecins de la famille Eberard
ayant exprimé la pensée que ce voyage serait
salutaire au jeune homme.

Pendant quelque temps, Conrad et Richard
restèrent courbés sur les cartes géographiques;
ils étudièrent et cherchèrent avant tout quel but
ils pourraient donner à leur entreprise. Ils com-
parèrent les avantages de l'Afrique, de l'Amérique et de l'Asie, et trouvèrent partout tant de
choses attrayantes, qu'ils ne purent se décider.
A la fin ils résolurent de mettre sur des morceaux de papier le nom des différentes contrées
qu'ils désiraient visiter, et de les jeter dans une

urne pour en prendre un. Le hasard choisirait
ainsi pour eux. Richard tira un billet, et, après
l'avoir déplié, il y lut le nom de Ceylan.

« Eh bien! ce sera donc vers l'Asie, vers le
berceau de l'humanité que se tourneront nos
regards! s'écria-t-il. Es-tu content de cette décision, Conrad?

— Parfaitement, répondit celui-ci. On dit que
Ceylan est une contrée superbe et riche en
plantes et en animaux. Donc c'est à Ceylan que
nous irons chercher le trésor promis. Ceylan
nous offrira du reste des palmiers et des fleurs
aromatiques. En nous y rendant, nous nous
conformons à la prophétie. »

Richard était impatient de partir; mais il fallait
terminer beaucoup de préparatifs avant de s'embarquer. Nos amis firent de nombreuses em-
plettes d'armes de toutes sortes : des fusils à
deux coups, des pistolets, des carabines, des
sabres, des couteaux de chasse et des poignards.
Conrad engagea aussi son ami à acheter tout ce
qui était indispensable pour faire des collections
d'insectes, surtout de papillons et de scarabées,
puis d'oiseaux, de plantes rares, de coquillages,
de minéraux, etc. Il fallait encore une foule
d'outils: des filets, des troubles, des boîtes pour
herboriser, des couteaux, des pincettes. On
empaillerait aussi des animaux. Les deux amis

résolurent de ne point emporter ce qui était par trop encombrant, mais de l'expédier à l'adresse d'un correspondant de la maison Eberard qui demeurait à Colombo, la capitale de Ceylan.

Le père de Conrad écrivit lui-même à mester Mac-Culloch, lui recommanda de faire attention à l'envoi, et le pria surtout de vouloir bien recevoir les deux jeunes gens et les assister de ses bons conseils.

Nos amis ne gardèrent avec eux qu'un excellent fusil double et un équipement complet de chasse, afin de pouvoir se donner ce plaisir aux endroits où le navire devait aborder et s'arrêter quelques jours pendant le trajet.

Quelques semaines suffirent pour terminer tous ces préparatifs; il ne s'agissait plus que d'être fixé sur le chemin à prendre pour gagner Ceylan. Après de nombreuses réflexions, on décida de se rendre d'abord en Angleterre, pour de là prendre passage sur un vaisseau allant aux Indes et faisant escale à l'île de Madère et au cap de Bonne-Espérance.

Les deux amis voulaient s'arrêter à cette dernière station pour faire une excursion à l'intérieur du cap Land. Ce plan reçut l'approbation du tuteur de Richard, à cause des deux haltes qu'il fournissait au long parcours des voyageurs. Dans le cas où le vaisseau ne s'arrêterait pas assez longtemps au Cap, on trouverait facilement une occasion de se rendre de là à Ceylan.

Le tuteur engagea encore deux jeunes gens pour accompagner et servir nos amis : l'un était un très bon chasseur, et l'autre un jardinier. Tous les deux étaient d'honnêtes et intelligents garçons, et se félicitaient de pouvoir faire ce beau voyage. Richard leur fournit un équipement complet de chasse, car Augustin le jardinier savait aussi bien manier le fusil que la bêche.

Tout étant prêt, on ne différa plus de s'embarquer. M. Waldek accompagna son fils et Richard jusque sur le bateau à vapeur; il leur donna sa bénédiction et ne les quitta que lorsque la cloche donna le signal du départ. Bientôt après le *Dauphin*, envoyant des nuages de fumée vers le ciel, fendit les eaux de l'Escaut et se dirigea vers la mer.

Un quart d'heure plus tard, les clochers de la ville avaient déjà disparu aux yeux des passagers, et en peu d'heures le vaisseau entra dans la mer du Nord.

« Nous voici donc sur l'élément salé qui doit nous porter encore bien des jours! » s'écria Conrad en s'asseyant à côté de son ami.

Richard regardait avec un mélange de joie et de tristesse, tantôt la terre disparaissant à ses yeux, tantôt la mer immense sillonnée par de nombreux vaisseaux se dirigeant de tous côtés.

« Quel coup d'œil intéressant ! dit Conrad. Voyons, mon ami, es-tu content de te trouver ici? Préfères-tu retourner dans ton jardin, où tu as fait jusqu'ici tes seules explorations ?

— Ce n'est pas précisément mon désir, répondit Richard en souriant. Toutefois je ne veux pas te cacher qu'en ce moment j'éprouve les aspirations les plus opposées. D'un côté je voudrais retourner vers ma patrie ; mais le monde inconnu que nous allons explorer m'attire; je veux voir toutes ces merveilles que les voyageurs nous ont décrites. Ne te moque pas de moi, mon cher ami, quand tu me verras parfois un peu hésitant et irrésolu; c'est un effet de ma santé chancelante, et non de ma volonté ; ma volonté me conduit vers les zones étrangères.

— Comment peux-tu croire que je veuille me moquer de toi, mon bon ami ? s'écria Conrad en pressant la main de Richard. Toutefois me permettras de chasser par un badinage innocent les nuages que je vois parfois sur ton front. Je suis loin de blâmer la nostalgie que tu éprouves; c'est un sentiment naturel, et que je partage. J'avoue que je crains pour toi le mal de mer; c'est un des plus grands désagréments du voyage.

— Qu'est-ce qu'on ressent?

—C'est un mal difficile à décrire; mais attends seulement une heure ou deux, et tu n'en connaîtras que trop les effets. Vois donc comme le *Dauphin* avance rapidement; il devance tous les navires sortis du port en même temps que lui. Je doute que le trajet sur le vaisseau de la compagnie des Indes soit aussi intéressant; je me félicite d'avoir songé à prendre des livres pour dissiper nos ennuis.

— Tu as donc emporté des romans? Je croyais que ton ballot ne contenait que des livres d'étude.

— Tu ne t'es pas trompé, et nous retirerons bien plus de distractions de nos livres instructifs que de simples fictions. »

Tant qu'on put apercevoir la terre, Richard n'en détacha pas ses yeux, et ne remarqua point que depuis quelque temps Conrad parlait de moins en moins. Tout à coup il se retourna vers son ami, et jeta un cri d'épouvante en voyant la pâleur mortelle qui couvrait ses joues.

« Pour l'amour du ciel! Conrad, qu'as-tu? » s'écria le jeune Éberard épouvanté.

Des sons inarticulés sortirent des lèvres du docteur.

« Capitaine, je vous en supplie, venez voir mon ami! s'écria Richard hors de lui, il se meurt!

Le capitaine, craignant un accident, arriva au plus vite; mais à peine eut-il vu Conrad, qu'il dit en riant :

« Ne vous inquiétez pas pour votre ami, Monsieur; il n'a qu'un peu de mal de mer; il faut même vous attendre à en éprouver autant; ce mal n'épargne que peu de personnes. Voulez-vous descendre dans la cabine, docteur ?

— Je ne puis, répondit Conrad d'une voix dolente; je me sens bien faible, mes pieds ne me soutiennent plus. »

Les souffrances qu'il éprouva lui coupèrent de nouveau la parole. Richard, nullement tranquillisé par les paroles du capitaine, appela Antoine et Augustin et leur ordonna d'emporter Conrad, qui était presque sans connaissance. Lui-même s'installa près de son ami et fit tout ce qu'il put pour alléger le mal que celui-ci éprouvait.

Conrad poussait des gémissements, se tordait et refusait avec dégoût tout rafraîchissement. Cela dura plus de vingt-quatre heures, pendant lesquelles le bateau avait à combattre des vents contraires et n'avançait que lentement.

Chaque passager dut payer son tribut à la mer; seul Richard, bien qu'il sentît quelquefois des nausées, fut épargné. Voyant disparaître peu à peu tous les passagers, il se tranquillisa et crut enfin ce que disait le capitaine, lequel assurait

que tout le monde serait guéri lorsqu'on arriverait en Angleterre.

Richard reçut avec un certain orgueil les
compliments du capitaine, qui lui assura qu'il
était le premier passager exempt de toute atteinte.
Cela lui donna une certaine assurance ; il se sentit
supérieur à Conrad, dont il avait jusqu'alors
envié la bonne santé.

« Nous verrons bien, pensait-il, qui de nous
deux supportera mieux les fatigues du voyage ;
ce commencement ne me déplaît pas. »

Les soins à donner à son ami l'empêchaient
de songer par trop à son départ. Son plus grand
désir en ce moment était d'arriver en Angleterre
et de voir cesser le malaise de Conrad. Après
vingt-quatre heures de vents contraires et d'une
pluie battante, le vent sauta au sud-ouest et
amena un ciel bleu, un beau soleil et une eau
tranquille. La mer fut calme, et l'effet salutaire
du changement de temps se fit vite sentir parmi
les passagers atteints du mal de mer. Conrad,
qui en avait senti le premier les effets, fut aussi
le premier à quitter son lit. Il monta se promener sur le pont. Richard le soutint, car le
docteur était encore très faible.

En revenant dans sa cabine, Conrad jeta un
regard sur son miroir ; il recula stupéfait :

« Est-ce vraiment moi ? ou n'est-ce que l'image

d'un spectre? dit-il ; comme un homme peut changer en peu de temps ! Nous avons échangé nos rôles, Richard ; aujourd'hui c'est toi qui es bien portant. Au moins c'est un commencement qui promet ; Dieu veuille que le voyage se continue ainsi pour toi ! En vérité tu as des couleurs splendides.

— Et je me sens bien, répondit le jeune Éberard avec un plaisir manifeste. Quel heureux hasard, Conrad, que d'avoir rencontré les bohémiens ! Sans eux je serais en ce moment encore à Anvers, et j'y serais souffrant. »

Conrad se remit plus vite qu'il ne l'eût pensé. En arrivant en Angleterre il se portait parfaitement. Aussitôt débarqués, nos amis allèrent prendre des informations au sujet des vaisseaux partant pour les Indes ; ils n'en trouvèrent qu'un seul, qui s'apprêtait à mettre à la voile le lendemain matin. Le navire, comme le capitaine, leur plut, et Conrad, le trésorier, s'empressa de payer leur passage jusqu'au cap de Bonne-Espérance.

Le secret motif qui faisait tant hâter Conrad était la crainte d'une nouvelle attaque de mal de mer ; or le seul moyen de l'éviter était de s'embarquer sans retard. Le soir même de leur arrivée, nos amis quittèrent la terre ferme pour se rendre sur le *Nabab*. Une grande cabine, arrangée avec tout le confort désirable pour un si grand voyage, fut mise à leur disposition. Ils cherchèrent bientôt le repos, et le lendemain, quand ils s'éveillèrent, le *Nabab* avait déjà gagné la haute mer, et les rives de l'Angleterre ne paraissaient que fort indistinctement aux yeux des passagers.

IV

« LES CIEUX CHANTENT LA GLOIRE DE DIEU, ET LA TERRE PUBLIE
LES OUVRAGES DE SA MAIN »

Par une belle soirée, le *Nabab*, après une
course rapide favorisée par les vents et le ciel,
se dirigeait vers l'île portugaise de Madère, où
le capitaine Bulwer voulait s'arrêter un jour.
Richard et Conrad étaient assis à l'ombre d'une
tente que l'excellent capitaine avait fait déployer
pour eux sur le pont. Ils parlaient de cette île où
ils allaient atterrir après leur long trajet.

« Je me réjouis vraiment, dit Richard, de
poser enfin le pied sur la terre ferme, et surtout
sur une terre comme celle dont tu me fais une
description si enthousiaste. Le capitaine Bulwer
pense pouvoir aborder demain avant midi; j'espère qu'il a calculé juste.

— Je n'en doute pas, répondit Conrad, pourvu

que ce beau temps dure. Les calculs des marins,
et surtout d'un aussi bon marin que notre brave
capitaine, trompent rarement. De plus il y a
bien des indices que la terre n'est pas loin : la
couleur de la mer, la présence d'oiseaux qui ne s'é-
loignent pas trop de la terre, et, en dernier lieu,
la figure riante des matelots, qui se promettent
une journée de plaisir sur cette île. Moi aussi, je
suis curieux de connaître ce pays, qui a été découvert d'une façon si romanesque.

— Comment cela ? » demanda Richard.

Conrad reprit :

« Au temps de Henri, infant de Portugal, sur-
nommé le Navigateur, un Anglais nommé Machin épousa secrètement une jeune dame de
grande famille, lady Dorset. Machin n'était qu'un
simple bourgeois et devait craindre la vengeance
des parents de sa femme, dans le cas où ceux-ci
apprendraient le mariage de leur fille. Pour prévenir cette vengeance, Machin et sa jeune épouse
s'embarquèrent sur un bâtiment commandé par
le capitaine Juan Gonzalès Jarco. Ils voulaient
se rendre en Portugal et pensaient y mener une
vie paisible.

« Mais Dieu, dont ils avaient transgressé les
lois, anéantit leur projet.

« A peine le vaisseau portant les fugitifs eut-il
quitté le port, qu'un orage épouvantable éclata et

les poussa dans des mers inconnues. Après avoir
erré longtemps à l'aventure, non sans éprouver
des frayeurs mortelles, les matelots aperçurent
enfin une île solitaire sur laquelle ils débarquèrent.

« Lady Dorset, qui regardait comme un châ-
timent de Dieu les terreurs et les privations d'un
si long voyage, éprouva de tels regrets de sa
faute, qu'elle tomba malade et mourut peu de
jours après son arrivée dans l'île.

« Son époux, désespéré et comme elle miné
par le remords, la suivit peu de jours après dans
la tombe. Juan Jarco ensevelit leurs restes mor-
tels à l'endroit le plus beau de l'île; puis, espé-
rant revenir enfin dans son pays, il s'embarqua
avec ses matelots. Un violent ouragan les ballotta
de nouveau sur l'Océan pendant des semaines
entières. Enfin le navire échoua à la côte maro-
caine; tout l'équipage fut fait prisonnier et em-
mené en esclavage. La plupart des matelots y
moururent; un seul parvint à s'échapper et gagna
son pays après bien des péripéties. Ne sachant
plus que devenir, il résolut de demander une au-
dience au prince Henri pour obtenir de lui des
secours. Il décrivit à l'infant tous ses malheurs;
il parla aussi de l'île éloignée où les jeunes
époux avaient trouvé leur tombe prématurée. Il
fit une description si enthousiaste de l'île, que le

prince résolut d'envoyer un vaisseau à la découverte de cette terre nouvelle.

« Le capitaine Jarco, à qui Henri confia l'expédition, retrouva l'île et en prit possession au nom de la couronne de Portugal. En récompense il fut nommé gouverneur de l'île, qui reçut le nom de Madère et qui est aujourd'hui encore une des possessions les plus importantes du Portugal.

— C'est, en effet, une histoire intéressante et instructive, dit Richard, qui avait écouté avec intérêt; y a-t-il longtemps qu'on a fait cette découverte?

— En 1418 après la naissance de Jésus-Christ. Elle fut le prélude de plusieurs autres, grâce aux efforts infatigables du prince Henri. De cette époque date la découverte des îles Açores, de la côte de Sierra-Leone, etc.

« Enfin le grand Christophe Colomb, en 1492, découvrit l'Amérique; ce fut la plus grande et la plus importante de toutes ces découvertes. »

Pendant le récit de Conrad, le soleil avait disparu de l'horizon, et les étoiles inondaient de leur douce clarté la mer paisible. Les deux amis contemplaient en silence ce spectacle grandiose. Richard ne put contenir son admiration :

« Ah! que l'œuvre du Seigneur est merveilleuse! dit-il; le roi psalmiste a bien dépeint la

nature en disant : « Les cieux chantent la gloire
« de Dieu, et la terre publie les ouvrages de ses
« mains. »

— Il me semble que chaque étoile nous parle
de la magnificence infinie de Dieu. C'est ici qu'il
faudrait conduire les malheureux qui osent douter
de la puissance et de la bonté du Seigneur.

— Il n'est pas nécessaire de les mener si loin,
répliqua Conrad en souriant ; car la terre aussi
publie les ouvrages de sa main. Celui qui cherche
la vérité avec un esprit non circonvenu trouve
partout les traces créatrices de la toute-puissance
de Dieu. La plus petite fleur lui raconte des merveilles, et la pierre même lui parle un langage
compréhensible. »

Nos amis devisèrent encore longtemps ainsi
avant de goûter le repos. Le jour commençait
à peine à poindre, qu'on entendit de la hune le
cri de : « Terre ! terre ! »

Le capitaine Bulwer, fidèle à la promesse qu'il
avait donnée la veille, fit aussitôt dire à nos amis
de se rendre au plus vite sur le pont s'ils voulaient jouir d'un spectacle ravissant. Peu après
Conrad et Richard parurent. Un cri de surprise
et d'admiration s'échappa de leurs bouches.

Le soleil venait de se lever, et ses premiers
rayons doraient les hautes cimes des rochers,
lesquels s'élevaient perpendiculairement de la

mer et tranchaient sur le bleu du ciel et les vagues azurées.

Un brouillard argenté couvrait comme d'un voile transparent les ravins et les vallées, et se dissipait à mesure que le soleil s'élevait au-dessus de l'horizon.

On vit alors des vallées ravissantes, coupées par des ruisseaux nombreux et couvertes de prairies, de vignes et de jolies maisons de campagne dont la couleur blanche contrastait agréablement avec le vert foncé des bananiers, des oliviers, des figuiers, des goyaviers qui les entouraient.

Çà et là s'élevaient les troncs élégants des palmiers, dont les couronnes se balançaient doucement comme pour souhaiter la bienvenue à nos amis. Toute cette splendeur était rehaussée par la fraîcheur du matin par le ciel magnifique et par le soleil inondant le tout de sa clarté resplendissante.

Celui qui, après un long voyage sur mer, se voit tout à coup transporté au milieu de la richesse d'une végétation presque tropicale, peut seul comprendre le ravissement et l'admiration de nos amis.

« C'est le paradis ! s'écria Conrad dans son enthousiasme. Il y a là plus de beauté réelle que l'imagination la plus riche n'en saurait rêver. C'est une parcelle du ciel tombée sur cette terre

pour donner aux hommes un avant-goût des
splendeurs qui nous attendent dans l'autre vie !

— Les premiers arrivants la nommèrent aussi
un paradis, dit le capitaine Bulwer, qui s'était
réjoui de l'admiration des deux jeunes gens.
Quand ils débarquèrent ici, ils se croyaient en
vérité transportés dans le jardin de l'Éden.

« Toute cette heureuse île ne respirait que la
paix, la beauté et la joie; nulle part il n'y avait
trace de terreur ou de méfiance. Les oiseaux aux
plumages variés vinrent curieusement contempler les étrangers; ils volèrent sur leurs épaules
et se laissèrent saisir sans crainte. Point de bêtes
féroces, point de serpents, point d'insectes nuisibles : rien ne troublait l'harmonie merveilleuse de ce lieu. Le sol était couvert d'herbes
odorantes; chaque pas imprimé sur la terre en
faisait exhaler des parfums exquis; des quantités
de fleurs nouvelles, aux couleurs les plus vives,
ravissaient l'œil, et les arbres et les forêts s'élevant dans les vallées et sur les hauteurs étaient
en telle abondance, que Jarco appela cette nouvelle terre « le pays des bosquets ».

« L'île a gardé en grande partie sa beauté pri-
mitive, mais la paix d'autrefois en est bannie.
Partout où l'homme se montre avec ses passions
et ses défauts, la paix s'évanouit.

« Mais nous voilà près de la pointe derrière la-

quelle s'étend Funchal, la capitale de Madère.
La voilà... : quel beau panorama! »

C'était en vérité un panorama splendide qui
s'offrait à la vue des passagers lorsque le *Nabab*,
ayant passé la pointe, entra toutes voiles dehors
dans le golfe. Sur ses rives se voyaient des maisons blanches aux toits plats. Des deux côtés de
la ville s'étendaient des bosquets d'orangers, de
myrtes, de grenadiers. A l'arrière-plan s'élevait
le formidable rocher sur lequel s'appuient les
murs gigantesques d'un fort pointant ses canons
sur l'entrée du golfe; un étroit sentier creusé
dans le rocher y conduit.

A peine le *Nabab* fut-il en vue, qu'un drapeau
fut hissé sur la tour de la forteresse, et peu
après le bruit d'un coup de canon éveilla l'écho
de la montagne.

« Pourquoi ce coup de canon? demanda Richard étonné. Est-ce une réception hostile?

— Nous n'avons rien à craindre, répondit le
capitaine, tout en donnant l'ordre de hisser le
drapeau anglais sur le plus haut mât de son navire. Ce coup n'est tiré que pour annoncer à la
ville notre arrivée, et en même temps pour nous
donner l'ordre de stopper et d'attendre la barque
montée par l'officier d'inspection, qui doit tout
visiter à bord avant de nous accorder la permission de débarquer. C'est une mesure de précau-

tion de la part du gouverneur, et l'on ne peut l'en blâmer, puisqu'il le fait pour empêcher toute maladie contagieuse de s'introduire dans l'île. Voilà la barque... Mais soyez sans inquiétude; nous n'avons nullement à craindre qu'on ne nous défende d'aller à terre. »

Peu après, le canot amarra à côté du *Nabab;* un officier monta l'étroit escalier, salua le capitaine et lui demanda poliment ses papiers. Pendant ce temps, le médecin du gouverneur examina tout l'équipage, adressa quelques questions aux matelots, et se rendit à son tour auprès du capitaine et de l'officier portugais.

« Tout est en ordre, dit-il à celui-ci; l'équipage est en bonne santé, il n'y a pas de raison pour refuser l'entrée.

— Rien ne s'oppose donc à votre débarquement, capitaine Bulwer, dit alors l'officier. Madère aura-t-il le plaisir de vous posséder longtemps?

— Je repartirai demain matin. »

L'officier exprima ses regrets, souhaita au capitaine de vivre encore mille ans et fit signe au petit docteur de descendre dans la barque. Mais celui-ci avait vite fait la connaissance de Conrad, qui s'était présenté comme un collègue dans l'art difficile de guérir les hommes.

« Je reste ici, Senhor, dit-il à l'officier; je

n'ai rien à faire à terre, vous pouvez donc partir seul. »

Le petit docteur fut ensuite présenté à Richard, dont les manières simples et agréables lui plurent beaucoup.

« Eh bien, Messieurs, dit-il, j'espère que nous passerons une journée agréable. Je vous montrerai d'abord Funchal; puis nous ferons dans les montagnes une promenade à cheval, afin que vous puissiez voir notre belle île aussi bien qu'il est possible en si peu de temps. Vous pouvez me croire quand je dis une belle île : des vins délicieux, des fruits magnifiques, un climat parfait. »

Nos amis acceptèrent avec plaisir l'offre du docteur Acunha de leur servir de guide. Conrad demanda si la chasse serait intéressante, et s'il valait la peine de prendre des fusils.

« Pour ça, non, Messieurs, répondit le petit docteur; nous n'avons que des lapins, des chèvres et des oiseaux qu'il serait dommage de tuer; mais si vous désirez pêcher, je pourrai facilement vous procurer ce plaisir. Voyez-vous toutes ces barques? elles appartiennent à des pêcheurs; ils ne demanderont pas mieux que de lancer leurs filets devant vous.

— Nous aurons encore souvent l'occasion de pêcher, répondit Richard; il me semble qu'il vaut mieux visiter Madère. »

Le docteur était heureux de cette décision : il se faisait un plaisir de montrer son pays aux étrangers.

Le sentier qui du débarcadère menait à la ville était étroit et encaissé entre de hautes murailles; de plus, il montait rapidement.

« Une vilaine entrée, dit le docteur Acunha; mais patience, vous en serez d'autant plus récompensés tout à l'heure. Voici une jolie échappée. »

Ils s'arrêtèrent sur une petite éminence; on y avait bâti une chapelle d'où on avait une vue magnifique sur la mer. Devant les promeneurs s'étendaient les vignes florissantes de Madère, que les murailles des deux côtés du sentier avaient empêché d'apercevoir plus tôt; plus loin on voyait la baie avec sa surface sillonnée en tous sens par les vaisseaux et les barques; à l'horizon on découvrait les îles de Porta-Santa et de Salvages, toutes les deux sous la dépendance du gouverneur de Madère. Les vignes s'étageaient jusqu'aux cimes du rocher, qui s'élève à plusieurs centaines de pieds au-dessus du niveau de la mer et qui, avec ses tours et ses murailles crénelées, domine tous les alentours.

Après avoir joui pendant un certain temps de cette vue splendide, nos amis entrèrent dans la ville; par quelques rues étroites, ils arrivèrent à une grande place ombragée par des arbres magnifiques, et qui sert de promenade principale aux habitants de Madère. Ils visitèrent ensuite les principaux édifices, les églises, les couvents, les palais du gouverneur et de l'évêque, et, après une course rapide et fatigante dans les rues mal entretenues, ils entrèrent dans un hôtel pour se restaurer.

« Dieu merci! me voici enfin assis! s'écria Richard. Certes, Madère est une belle île; toutefois sa capitale me platt plus de loin que de près. Mon voyage tout entier ne m'a pas fatigué autant que cette promenade, ou, pour mieux dire, cette manière de grimper et de glisser par monts et par vaux. Que ferons-nous, cher docteur, quand nous devrons gravir de véritables montagnes?

— Soyez sans inquiétude, mon jeune ami, répondit le docteur en riant; nous avons des montagnes sans doute, mais nous avons aussi des chevaux qui savent vaincre les difficultés d'une montée rapide. Ce sont des animaux petits, mais vifs et gais. Aimez-vous à monter à cheval?

— Je ne sais pas encore, répondit Richard timidement; je l'essayerai aujourd'hui pour la première fois.

— Il y a remède à cela, mon ami, dit le docteur, qui trouvait une réplique à toute objection. Il est vrai que nous ne pouvons pas aller en voiture : la contrée est trop montagneuse, et de plus nous n'avons pas de grandes routes; mais nous prendrons un palanquin avec deux porteurs; toutes les dames s'en servent ici. Vous verrez qu'on se promène ainsi à merveille.

— Un palanquin ? demanda Richard surpris; qu'est-ce que cela?

— C'est une sorte de litière portée par deux hommes robustes. Vous pouvez me croire quand je vous dis que c'est un fort agréable fauteuil; on ne sent pas une secousse sur les chemins les plus rudes. Vous pouvez vous fier aux porteurs; autant que je sache, il ne leur est pas encore arrivé d'occasionner de malheur.

— Je réfléchirai à ce que vous me proposez, docteur, répondit Richard; et où dirigerons-nous nos pas?

— Vous avez le choix: vous pouvez visiter le village de Carme de Lobos, qui se trouve à une lieue d'ici, ou bien les villages de Carrico ou Santa-Cruz; à moins que vous ne préfériez voir la croix en bois de cèdre que le pauvre Machin a élevée en l'honneur de sa femme.

— C'est là que nous allons nous rendre, dit Richard; j'éprouve une si grande pitié pour les deux malheureux, que je prierai volontiers sur leurs tombes. Qu'en dis-tu, Conrad?

— C'est convenu, répondit celui-ci; si notre excellent ami veut bien se charger de trouver les

3*

chevaux et le palanquin, nous partirons le plus tôt possible. »

Le pétulant petit docteur donna ses ordres, et une demi-heure après tout fut prêt. Richard se blottit dans sa chaise à porteurs, où il parut se trouver fort bien; les autres montèrent sur des chevaux d'une allure rapide.

Richard avait cru d'abord qu'il allait rester en arrière, mais ses porteurs avançaient aussi vite que les chevaux; toutefois il s'ennuya bientôt de rester isolé de ses amis; il entendait leur gai babil, et de plus il avait honte de cette manière de voyager par trop féminine.

« Je vois là-bas un cheval qui ne porte personne, cria-t-il à Conrad; j'ai envie d'essayer de le monter. Ce n'est pas amusant de rester seul. »

Ses amis s'arrêtèrent aussitôt; le petit docteur eut un joyeux éclat de rire en voyant Richard descendre du palanquin.

« Je me suis imaginé que cela ne vous plairait pas longtemps, dit-il; c'est pourquoi j'ai fait amener ce cheval. »

Au commencement le jeune Eberard se montra bien un peu lourd, et il dut entendre plus d'une plaisanterie du docteur Acunha; mais bientôt il s'habitua à sa monture. La petite caravane avança gaiement au milieu du paysage enchanteur, découvrant à chaque pas de nou-

velles beautés qui lui arrachaient plus d'un cri
d'enthousiasme. Le docteur Acunha était enchanté; il ne laissait pas passer une occasion de
faire remarquer à ses compagnons tout ce qui
méritait d'être vu.

Ils arrivèrent ainsi près de la simple croix qui
ombrage les tombes des malheureux fugitifs.
Après y avoir dit une courte prière, le docteur
proposa de gagner Funchal par un autre chemin.

Le soir commençait déjà à tomber lorsqu'ils se
trouvèrent près de la chapelle de Nostra-Senhora
de Monte, dans laquelle se voit une vierge miraculeuse.

« C'est l'endroit le plus remarquable de l'île,
dit le docteur, car il s'y opère bien des miracles.

— Ah! lesquels? demanda Richard avec le
plus grand intérêt.

— La découverte de cette image de la sainte
Vierge est déjà miraculeuse, si nous en croyons
la légende qui existe, dit le docteur Acunha.

— Racontez-nous donc cela, docteur.

— Volontiers. L'île était à peine découverte,
il n'y avait pas encore de peintre, lorsqu'un
jour plusieurs braves matelots, parcourant la
forêt, arrivèrent au lieu où est maintenant la chapelle. Ils y aperçurent l'image magnifique qui
fait encore aujourd'hui l'orgueil des habitants de
Madère. Les matelots, surpris, s'empressèrent

d'en porter la nouvelle à tous leurs camarades.
Une église s'éleva à l'endroit où l'image avait été
trouvée, et les pieux chrétiens des environs accoururent en foule lorsqu'ils apprirent les miracles qui s'y opéraient.

« Les marins surtout ont une grande vénéra-
tion pour Nostra-Senhora de Monte. Le hardi
matelot, habitué aux mille dangers de la mer,
vient ici demander le succès de son entreprise,
ou remercier la Vierge du secours qu'elle lui a
accordé dans les dangers imminents.

« On voit souvent tout l'équipage d'un vaisseau, le capitaine en tête, gravir la côte escarpée
en traînant la grande voile pour la faire bénir
ici. La confiance des marins dans la puissance
merveilleuse de cette image est sans bornes.

— Avez-vous jamais vu s'opérer un miracle?
demanda Conrad.

— Sinon un miracle, j'ai vu du moins bien
des preuves de la bonté de la sainte Vierge. Je
vais vous en dire un exemple. Pendant la guerre
d'Amérique, il y eut une terrible disette dans
l'île, car la guerre empêchait les vaisseaux chargés de blé et d'autres comestibles de quitter
l'Amérique. Dans cette détresse, on résolut de
s'adresser à Nostra-Senhora de Monte. Presque
tous les habitants de l'île s'assemblèrent en pro-
cession et allèrent à la chapelle s'agenouiller de-

vant la sainte image et l'invoquer. Le lendemain, un vaisseau de Portugal chargé de blé entrait dans le golfe. Sans être un miracle, ce fait est au moins une preuve manifeste du secours envoyé par la sainte Vierge. »

Nos amis entrèrent dans la chapelle, et, à l'exemple des matelots, demandèrent secours et protection à celle qui est appelée « l'Étoile de la mer ».

Il était déjà tard quand ils remercièrent le petit docteur de sa bonté et retournèrent à bord.

V

CAPTURE D'UN REQUIN

Le lendemain matin, les ancres du *Nabab* furent levées de bonne heure ; on tira un coup de canon pour saluer le drapeau portugais placé en haut du fort, puis on quitta le golfe de Funchal.

Richard et Conrad étaient montés sur le pont pour jeter un dernier regard sur l'île charmante ; ils n'en détachèrent les yeux que lorsqu'elle eut disparu à l'horizon.

« Quel dommage, dit alors Richard, que le capitaine n'ait pu s'arrêter plus longtemps à Madère ! »

Le capitaine, qui avait entendu cette exclamation, répondit en souriant :

« Si nous étions restés plus longtemps, il aurait pu se faire que vous n'eussiez plus voulu de la mer et que Madère fût devenu pour vous une nouvelle Capoue.

« Du reste, ne prenez pas trop à cœur ce rapide départ; vous verrez plus d'un pays qui ne sera pas moins beau et vous offrira plus de variété que la belle île que nous venons de quitter. La véritable jouissance des voyages ne se trouve-t-elle pas dans les scènes diverses qui se succèdent rapidement, et qui font passer devant nos yeux toutes les beautés de la création? Madère n'a été que l'avant-goût de ce qui vous attend en Afrique, et surtout à Ceylan. »

Les paroles du capitaine consolèrent vite les deux amis, et un événement qui survint presque aussitôt acheva de distraire les jeunes gens. Ils étaient à deviser tranquillement lorsque tout à coup ils entendirent les cris : « Un requin ! un requin à bâbord! »

Cette exclamation était à peine prononcée, que déjà tout l'équipage était en mouvement et se précipitait du côté indiqué; le cuisinier même quitta ses casseroles pour voir ce tigre des mers. Nos amis regardèrent aussi; mais ils ne purent apercevoir que quelques mouettes noires, appelées des malavites, qui poussaient des cris et voletaient en touchant parfois l'eau de leurs ailes.

« Pourquoi la découverte du requin semblet-elle impressionner si fort votre équipage, habitué pourtant à de pareils incidents ? demanda Richard.

— Le requin est l'ennemi du matelot, répondit le capitaine Bulwer; vous verrez bientôt arriver une députation me demandant la permission de lui faire la chasse.

— Et j'espère que vous l'accorderez, dit Conrad; mon ami et moi, nous nous joindrons aux matelots pour obtenir cette autorisation. Nous n'avons jamais vu un monstre de cette espèce.

— Je donnerai cette permission pour vous être agréable, car cela retardera notre course. Ah! voilà la députation... Eh bien, que désirez-vous, mes gars?

— Capitaine Bulwer, » dit un vieux matelot tournant son chapeau entre ses doigts et ne se sentant pas trop à l'aise dans son rôle d'orateur. « Hum! ces garçons là-bas m'ont envoyé...; ils voudraient bien pouvoir dire un mot au gaillard qu'on aperçoit... Vous savez, c'est difficile de voir un requin sans le taquiner un peu, et nous voudrions..., avec votre permission, le pêcher à la ligne.

— J'y consens; mais soyez alertes, j'ai peu de temps pour gagner Calcutta. »

Un éclair de joie illumina les traits durcis du vieux matelot.

« Holà ! mes gars, un hourrah pour le capitaine ! » s'écria-t-il ; puis il s'élança sous le pont pour reparaître presque aussitôt avec un énorme hameçon de fer de la grosseur d'un doigt, et pesant au moins deux livres.

Pendant ce temps, le cuisinier avait été chercher une énorme tranche de lard.

« Ne dirait-on pas qu'ils sont friands de la chair de ce camarade? dit Conrad en riant.

— Mange-t-on, par hasard, du requin? demanda Richard avec surprise.

— Non pas, répondit le capitaine en regardant avec un intérêt visible les différents préparatifs de ses hommes ; mais vous devez savoir que le matelot n'a pas de pire ennemi sur mer que le requin ; il le taquine et lui fait du mal autant qu'il peut. Quand, par exemple, le mousse a mis la ration de viande de l'équipage dans un filet pour la jeter à la mer et la rafraîchir un peu avant la cuisson , le requin la sent aussitôt, s'approche doucement, et, avant qu'on s'en soit douté, il a happé la viande et le filet avec. Le matelot voit ainsi disparaître son dîner, tandis que le mousse voit apparaître la corde qui lui donnera une bonne fustigation. Parfois aussi le matelot lave ses effets ; il passe la moitié de la nuit à frotter son costume du dimanche ; lorsqu'il a fini, il en fait un paquet, l'attache à

une corde et le jette à la mer, chargeant les
vagues de le rincer; puis il se couche fatigué
et content. Le lendemain, quand il veut retirer
son paquet, celui-ci a disparu : un requin l'a
dévoré.

« Voilà les petits méfaits de ce gaillard, pour
ne pas parler de choses plus sérieuses. Mais ap-
prochons-nous pour que vous puissiez voir comment on le prend. »

Les matelots qui entouraient le contremaître
s'écartèrent pour laisser passer le capitaine et ses
passagers; mais aussitôt après ils reformèrent le
cercle, car eux aussi ne voulaient point perdre
de vue la capture.

« Pourquoi donc cette chaîne ? demanda Richard.

— Ah! ah! Monsieur, répondit le contremaître
au jeune Eberard, qui par sa générosité était
devenu le favori de l'équipage, cela vous intéresse? Cette chaîne est destinée aux dents du
requin, qui coupent une corde comme un rasoir,
et si nous mettions notre amorce au bout d'une
corde, il la couperait et partirait avec l'appât
en se moquant de nous. Mais la chaîne, c'est
autre chose. »

Ce disant, le contremaître attacha encore une
corde à la chaîne. Soulevant ensuite le lard, il le
jeta à l'eau en faisant le plus de bruit possible.

« Tenez bien, vous autres! s'écria-t-il, sinon il partira avec le lard, la chaîne et la corde. »

Plusieurs matelots saisirent la corde, tandis que le contremaître plongeait et retirait le lard de la mer, toujours en faisant clapoter l'eau pour attirer l'attention du monstre.

« Le voilà, il s'approche! crièrent à la fois un vingtaine de matelots.

— Si vous ne laissez votre langue en repos, s'écria le contremaître avec colère, nous pouvons retourner à notre ouvrage. Pensez-vous que ce soit bien nécessaire de lui faire remarquer ce que nous voulons entreprendre contre lui? »

Chacun se tut; mais tous les yeux restèrent fixés sur l'animal, dont on pouvait voir la forme à travers l'eau limpide. Il était hors de doute que le requin avait vu l'appât. Il s'en approcha, s'arrêta à une distance de quelques mètres, en fit plusieurs fois le tour, s'éloigna..., s'approcha de nouveau..., plongea et revint encore : il se méfiait.

« Il va s'échapper, dit Richard à voix basse, et j'ai une envie démesurée de faire sa connaissance. Il ne reparaît plus.

— Soyez sans inquiétude, répondit le capitaine sans détacher ses yeux de la mer, il reviendra... Le voilà déjà! »

Cette fois le requin approcha son museau du lard, mais il s'éloigna encore.

« Mords donc! » s'écria le cuisinier, ne pouvant plus maîtriser son impatience.

Le contremaître se tourna avec colère du côté de l'interrupteur; mais tout en faisant ce mouvement il remua aussi le lard : le requin, croyant qu'on allait lui retirer ce bon morceau, s'élança comme un éclair, se coucha sur le dos, de sorte que son ventre blanc sortit presque entièrement de la mer, puis il ouvrit la gueule en laissant voir trois rangées de dents redoutables, et happa l'amorce; l'hameçon et presque un demi-mètre de la chaîne disparurent.

« Il est à nous! s'écria le contremaître, tandis que les matelots poussaient des cris de joie. Maintenant, mes garçons, tenez bien pour qu'il ne nous échappe pas. Voyez comme la corde se tend. La bête tire en diable. Tenez ferme, ou nous le perdrons! »

Le capitaine, nos amis mêmes aidèrent les marins; les efforts réunis de tous ces hommes étaient nécessaires pour capturer le monstre, qui faisait des efforts désespérés pour se dégager...; mais tous ses mouvements ne servaient qu'à enfoncer davantage l'hameçon. Le requin s'agitait dans l'eau; il la rougissait de son sang, la battait de sa queue, plongeait de toute la

longueur de la corde, cherchant de toute manière
à se délivrer. Mais la corde était bonne et l'hameçon trop bien enfoncé : la lutte se termina à
l'avantage des marins.

Enfin les mouvements du requin se ralentirent
peu à peu ; il resta à la surface de l'eau, et ses
yeux injectés de sang roulèrent dans leurs or-
bites.

« Maintenant nous pouvons songer à le tirer
de là, dit le contremaître. Attention! un, deux,
trois! »

On obéit aussitôt, et la tête du requin parut
au-dessus des flots. On aurait pu croire qu'il
restait tranquille pour se reposer. Bientôt il recommença la lutte. L'eau écumait sous ses coups
redoutables.

« Tenez bien! s'écriait le contremaître, il joue
sa dernière carte; quand nous aurons la première moitié de son corps hors de l'eau, nous
serons assurés de lui. Courage, encore une fois!
hourrah!!! »

Les matelots firent un nouvel effort, et près
de la moitié du corps du requin sortit de la mer.

« Assez pour le moment, commanda le contremaître. Attachez la corde fortement, et que
chacun aille à son ouvrage. Quand il aura passé
une heure dans cette position, il sera plus trai-
table.

— Pourquoi ne l'amène-t-on pas tout de suite à bord? demanda Richard. Il ne fait plus un mouvement.

— Ah! Monsieur, cela n'irait pas, répondit le vieux marin; le rusé coquin fait semblant d'avoir épuisé ses forces pour éveiller notre pitié. Vous n'avez pas l'idée de l'astuce de cet animal. Si nous l'amenions en ce moment, il battrait tellement le pont de sa queue, qu'il n'y resterait pas une planche. Vous ne connaissez pas ces gredins. Regardez comme il ouvre son bec... Inutile, mon ami, le dîner n'est pas encore cuit pour toi. A l'ouvrage, mes gars! je vous appellerai quand il sera temps. »

Les matelots se dispersèrent, mais non sans adresser encore quelques plaisanteries à l'ennemi vaincu. Peu de temps après, tout était rentré dans l'ordre habituel; le contremaître lui-même ne s'occupait plus du prisonnier, qui pendait inerte le long du vaisseau.

« Je crois vraiment qu'il est mort, dit Richard. Regarde-le donc, Conrad.

— Nous allons nous en assurer, répondit celui-ci en commandant à Antoine d'apporter un seau plein d'eau. Il n'est pas mort, puisqu'il roule les yeux. Je crois qu'il nous donnera encore de l'ouvrage. »

Antoine arriva avec le seau et en versa le

contenu sur la tête du requin. A peine celui-ci eut-il senti l'eau fraîche, qu'il se tordit en battant de sa queue le navire.

« T'aperçois-tu maintenant qu'il n'est pas mort? dit Conrad en riant.

— Vraiment, s'écria Richard, je ne voudrais pas avoir ma main dans sa gueule. Laissons-le tranquille jusqu'à ce que le contremaître donne le signal d'une nouvelle attaque. »

Une heure après, le contremaître appela l'équipage.

« Hourrah! mes garçons. Alerte! à l'œuvre! Apportez les liens et faites quelques nœuds autour du corps du coquin. »

Il n'eut pas besoin de répéter cet ordre. Les nœuds coulants furent placés avec précaution, et tous les hommes commencèrent à hisser à bord l'énorme squale.

Le requin se laissa faire; mais, une fois déposé sur le navire, il se tordit et donna de si formidables coups de queue, que le pont en fut ébranlé. Un seul de ces coups aurait facilement abattu un homme.

« Tenez-vous un peu loin, Messieurs, dit le capitaine Brower à nos amis; on ne saurait assez se méfier de ce monstre. »

Au même moment le charpentier arriva avec une hache bien affilée.

« Arrière ! » s'écria-t-il, et il s'approcha doucement du requin. D'un seul coup il sépara la
queue du corps, et d'un second coup à la tête il
l'étendit sans mouvement.

« Voyons un peu ce qu'il a dans les entrailles ! »
s'écria le charpentier ; et, prenant un couteau,
il le lui enfonça dans le corps. Il y plongea ensuite
son bras nu et retira les objets que le requin
avait engloutis le même jour : d'abord une corde
longue de trois à quatre mètres, quelques poissons, un grand chapeau de cuir qui, à la grande
joie de l'équipage, fut reconnu et réclamé par
un matelot qui l'avait laissé tomber à la mer
quelques heures auparavant. En dernier lieu
le charpentier tira encore un petit requin parfaitement formé.

Richard demanda qu'on lui en fît présent ; ce
qui fut accordé avec le plus grand plaisir.

On dépeça le requin ; on prit les meilleurs
morceaux pour le dîner, et le reste fut jeté à
la mer.

Richard, content de sa nouvelle acquisition,
fit mettre le petit requin dans de l'esprit-de-vin,
et pria le capitaine de faire donner à l'équipage
une ration supplémentaire de grog.

Un hourrah formidable témoigna de la gratitude des matelots. A dîner on servit à nos
amis le meilleur morceau du requin. Le contre-

4

maître leur assurait que c'était le mets le plus délicat qu'ils eussent jamais mangé. Après en avoir goûté, les jeunes gens partirent d'un éclat de rire.

« Il se peut que le requin soit un mets délicat pour les gourmets; j'avoue que je lui préfère un bon morceau de bœuf, s'écria Richard.

— C'est la première fois que j'entends dire qu'on mange du requin, dit Conrad à son tour; mais cet essai ne m'engage pas à continuer. »

VI

LES POISSONS VOLANTS, LES DAUPHINS ET LA MER
PHOSPHORESCENTE

Bien des jours se passèrent sans apporter de changement dans la vie monotone de nos amis; néanmoins ils n'éprouvaient jamais d'ennui. Ils observaient tantôt la mer, et les nuages rapides qui se reflétaient dans le bleu pâle de l'immense nappe d'eau; tantôt ils étudiaient la langue des peuples qu'ils allaient visiter, ou lisaient les livres que Conrad avait choisis avec beaucoup d'intelligence. En un mot, ils trouvaient toujours une occupation leur faisant passer les heures agréablement. Pendant la soirée, ils se rendaient souvent chez le contremaître Tom, le même qui avait dirigé la prise du requin, et ils écoutaient ses histoires aussi intéressantes que variées.

Le temps s'écoula ainsi très vite pour nos

amis, et ils furent presque étonnés lorsque le
capitaine Bulwer leur dit qu'on allait bientôt
passer sous l'équateur.

« Je m'en suis douté, dit Conrad; car la chaleur devient très forte depuis quelques jours, et
on voit un grand nombre de ces poissons volants
qui peuplent la mer surtout entre les deux tro-
piques. En voilà encore toute une troupe, et,
comme toujours, poursuivis par plusieurs dauphins. »

En effet, près du navire, et s'élevant au-dessus
de l'eau, volaient une grande quantité de ces
poissons.

« C'est un aspect ravissant, dit Richard. Voyez :
le soleil donne sur leurs écailles blanches et les
fait briller comme de l'argent. Je voudrais bien
en voir un de plus près.

— Cela n'est pas difficile, répondit le capitaine
Bulwer en souriant; vous n'avez qu'à vous
adresser à votre ami le contremaître, il est aussi
habile à cette pêche qu'à celle du requin. Or
celle-ci a le double avantage de n'être point dan-
gereuse et de fournir un mets recherché. Pour
ma part, je préfère les poissons volants à tous
les autres. »

Le contremaître, qui était accoudé sur le bas-
tingage non loin de là, avait entendu le désir
exprimé par Richard; il parut aussitôt portant

toute une charge de filets, qu'il tendit en les re-
tenant aux flancs du navire.

« Un peu de patience, dit-il, et nous aurons
assez de *voleurs* pour que tout l'équipage en
goûte.

— Quel appât allez-vous mettre dans ces filets?
demanda Richard. Le proverbe dit : Avec du lard
on prend des souris ; je serais curieux de savoir
avec quoi on prend les poissons volants.

— Oui, avec du lard on prend des souris, et
même des requins, répondit Tom en riant, mais
non des voleurs. »

Il sortit de sa poche un petit poisson de bois,
y attacha une plume, de façon à lui donner une
certaine ressemblance avec un poisson volant,
et mit le tout au bout d'une ligne qu'il jeta à la
mer. Le poisson de bois restant à la surface, les
vagues le faisaient mouvoir ; il semblait, à le voir
ainsi, qu'il nageait.

« Attention maintenant, dit le contremaître ;
nous aurons non seulement des poissons volants,
mais encore un dauphin. »

Richard et Conrad doutaient beaucoup que la
ruse grossière du matelot fût couronnée de succès ; mais Tom répondit à leurs réflexions par ce
seul mot : « Attendons. »

Dix minutes après, une nouvelle troupe de poissons volants sortaient de la mer et se dirigeaient

en droite ligne vers les filets tendus. La plupart furent pris; quelques-uns même vinrent échouer sur le pont du navire; une petite partie seulement regagna son élément.

Avant que nos amis fussent revenus de leur étonnement, le contremaître les appela et leur montra qu'à la place du poisson de bois se trouvait un dauphin.

« Mais c'est du sortilège! s'écria Richard au comble de la surprise.

— Point du tout, répondit le contremaître en riant aux larmes de la stupéfaction de nos amis, cela est fort naturel. Le dauphin croit que le poisson de bois est un véritable voleur; il se dirige vers lui pour en faire sa proie, et chasse ainsi les poissons volants devant lui. Ceux-ci, pour échapper à leur ennemi, s'élèvent dans l'air et tombent naturellement dans les filets, tandis que le dauphin est pris par l'appât qui lui est offert. On capture ainsi le persécuteur et ses victimes. Vous voyez combien cela est simple. »

Tout en donnant cette explication, Tom avait tiré les filets à bord. Il montra à Richard quelques beaux spécimens des poissons volants, et porta ensuite les autres au cuisinier.

Ce poisson n'est pas plus grand qu'un hareng, mais il a le dos plus large; son ventre, ses ailes, si on peut appeler ainsi ses grandes nageoires, brillent comme de l'argent ; le dos est brun.

Richard donna un poisson à Augustin pour que celui-ci le mît dans la collection de son maître. Quant au dauphin, il fut abandonné à l'équipage.

Au dîner, nos amis déclarèrent que le capitaine avait dit vrai au sujet des poissons volants ; ils les trouvèrent exquis, et, dans la suite, demandèrent souvent au contremaître de leur en faire servir. Tom ne se fit jamais prier ; outre le plaisir qu'il éprouvait d'être agréable aux deux jeunes gens, il recevait toujours des témoignages de leur générosité.

L'après-midi, la chaleur augmentant encore, Richard et Conrad aspiraient après une bouffée d'air frais. La tente que le capitaine avait fait dresser pour eux ne leur donnait que peu de soulagement ; car, bien qu'elle les préservât des rayons du soleil, elle ne pouvait rafraîchir l'air embrasé.

La mer, calme et unie comme un miroir, semblait augmenter encore la chaleur par la réverbération des feux du soleil. Le bois du navire était si chaud, qu'on ne pouvait le toucher longtemps avec la main. Le goudron se liquéfiait et s'échappait en bulles à travers les planches.

Vers le soir seulement, la chaleur excessive

diminua un peu. Le capitaine fit alors arroser le pont, ce qui apporta un peu de fraîcheur; puis il vint trouver nos amis, le service lui laissant une heure de liberté.

« Si les indices que j'ai eu occasion de remarquer ne me trompent pas, nous jouirons ce soir d'un spectacle qui surpasse en beauté tout ce qu'on peut s'imaginer. L'air est lourd et le ciel un peu couvert; c'est par un temps pareil que se produit souvent un phénomène magnifique.

— Quel phénomène? demanda Richard.

— La mer phosphorescente, répondit le capitaine.

— La mer phosphorescente! s'écria le jeune Eberard; vous voulez plaisanter.

— Nullement, répondit Conrad, et je suis étonné que tu n'en aies jamais entendu parler; je suis, en vérité, fort désireux de voir ce spectacle. Il me semble même que près du beaupré on aperçoit déjà des étincelles.

— En effet, repartit le capitaine, regardant attentivement du côté indiqué; mais c'est peu de chose; peut-être aujourd'hui attendrons-nous en vain le ravissant spectacle.

— Il est étrange, dit Conrad, que les naturalistes n'aient pu arriver à expliquer les raisons de ce phénomène. Leurs opinions, du moins, sont fort divisées.

— Comment l'explique-t-on ? demanda Richard.

— Bien des savants disent que ce rayonnement est produit par de petits vers gélatineux, qui se trouvent en quantité infinie à certains endroits de la mer, et qui répandent une lumière phosphorique, comme chez nous, par exemple, la larve du ver luisant. Cette assertion est basée sur le fait, souvent prouvé, que, dans l'eau brillante qu'on tirait de la mer, on a trouvé des milliers de petites boules se mouvant avec une vitesse extraordinaire. Si on laisse reposer l'eau, le nombre des corps brillants semble diminuer; mais, si on l'agite de nouveau, les petites étincelles reparaissent. En examinant cette eau au microscope, on a vu dans chaque étincelle un petit corps.

« Il est donc certain que la mer phosphorescente a quelquefois pour cause la présence de vers gélatineux.

« Je dis quelquefois, car il n'en est pas toujours ainsi.

« Alexandre de Humboldt, le grand naturaliste allemand, prétend que ce phénomène vient encore de la grande quantité de fibres décomposées de mollusques morts qui se trouvent dans certains parages, comme on peut s'en assurer en faisant filtrer de l'eau de mer sur un tissu de

laine. Ces fibres restent alors comme une sub-
stance brillante et d'une forme indécise.

— Conrad, regarde, s'écria Richard : quelle
merveille! Voilà donc la mer phosphorescente! »

En effet, tandis que Conrad parlait, le phénomène s'était produit dans toute sa splendeur.
Nos amis en furent tellement ravis, qu'ils ne
purent trouver de paroles pour peindre leur
admiration.

Une large traînée flamboyante s'étendait derrière le navire. Des millions d'étoiles d'un reflet
admirablement beau et brillant se montraient à
l'avant du *Nabab*. L'aspect de la mer défiait toute
description.

Ces masses incandescentes, composées d'étoiles
brillantes, étaient partagées par la proue et je-
tées des deux côtés en montagnes de feu, pour
retomber en une pluie de millions d'étincelles.
Aussi loin que la vue pouvait s'étendre, on voyait
des vagues couronnées d'une crête de feu.

« C'est le spectacle le plus grandiose que j'aie
jamais vu ! s'écria Richard. Autour de nous rien
qu'un feu liquide, brillant, resplendissant, qui
met à l'ombre même le ciel avec ses millions
d'étoiles. Que vos œuvres sont admirables, ô mon
Dieu ! Regarde, Conrad, les magnifiques sillons
que tracent les dauphins et ces poissons volants
entourés d'une auréole de feu. C'est admirable !

Cette vue seule récompense de toutes les fatigues du voyage. »

Nos amis étaient tellement absorbés par ce spectacle, que le capitaine dut leur rappeler l'expérience qu'ils voulaient faire. A la prière de Conrad, le contremaître alla chercher des seaux et puisa de l'eau aux places qui paraissaient le plus rayonnantes.

Par une singularité étrange, l'éclat s'éteignit aussitôt que l'eau se trouva dans les seaux, et rien ne parvint à le lui rendre. On eut beau agiter l'eau, rien ne reparut.

« Il y a donc à ce phénomène une troisième cause encore ignorée, dit Conrad.

— Combien l'homme, aussi instruit qu'il le paraisse, est ignorant devant ces merveilles de la création ! dit Richard. Nous ne pouvons même approfondir ce que nos yeux aperçoivent.

— Oui, dit le capitaine, c'est là qu'on reconnaît l'abîme qui sépare le Créateur de sa créature : abîme que la créature ne comblera jamais, et qui montre au monde l'existence d'un être tout-puissant. »

Nos amis passèrent presque toute la nuit dans la contemplation de l'élément incandescent. A une heure du matin la lune se leva, et sa lueur argentine diminua un peu l'éclat de la mer. Les jeunes gens allèrent alors goûter un moment de repos, mais non sans éprouver des sentiments de reconnaissance et d'adoration pour Dieu, qui leur avait fait voir les merveilles de sa puissance et de sa magnificence.

VII

Le *Nabab* avait passé l'équateur avec le cérémonial usité sur les vaisseaux. Richard et Conrad avaient payé une rançon généreuse à Neptune, et le dieu des mers avait consenti à ne point les baptiser.

Plusieurs fois encore ils eurent le rare bonheur d'admirer la mer phosphorescente. La chaleur étouffante qui avait régné jusqu'alors commença à se dissiper; l'air se rafraîchit peu à peu. Le *Nabab* avançait rapidement, croisant de temps en temps un navire venant d'Afrique ou des Indes et s'approchant assez pour qu'on pût échanger quelques mots, ou envoyer un canot avec des lettres pour l'Europe.

On n'était plus qu'à une petite distance du cap de Bonne-Espérance. Les oiseaux de mer,

qui avaient presque disparu, recommençaient à
se montrer.

La colombe du Cap, dont la tête d'un noir
brillant fait un contraste parfait avec son corps,
d'une blancheur immaculée, venait se reposer
sur les vergues.

Même l'albatros, le plus grand des oiseaux de
mer, qui, les ailes déployées, ne mesure pas moins
de quatre mètres et demi d'envergure, se montrait souvent. Le contremaître en prit quelques-uns vivants en jetant sur le pont des morceaux de lard, que les oiseaux s'empressaient de
saisir. Mais le rusé matelot y avait attaché un
hameçon, et les albatros se voyaient ainsi cap-
turés. Toutefois on leur rendit la liberté, sauf à
un, qui dut enrichir la collection de M. Eberard.

Des pétrels, appelés aussi oiseaux de tempête
parce que leur présence annonce généralement
un orage, volaient autour du navire; mais ils
étaient en assez petit nombre pour ne pas faire
présumer du mauvais temps.

« Abats un de ces oiseaux, dit Richard à Antoine, je n'en possède pas encore. »

Antoine s'éloigna et revint avec son fusil. Il
allait tirer, lorsque le vieux Tom, lui saisissant le
bras, donna une fausse direction au coup.

Le bruit mit les pétrels en fuite.

« Dieu merci, j'ai pu prévenir de grands

maux! dit Tom, qui était d'une pâleur mortelle; ne tirez jamais sur *les poussins de la mère Carey*, vous attireriez les plus grands malheurs sur le navire.

— Mais, Tom, quel mal ferais-je en abattant un de ces oiseaux que vous appelez *les poussins de la mère Carey !*

— Eh ! Monsieur, ne savez-vous pas encore que ces oiseaux sont les âmes des marins morts sur mer, et qu'ils n'apparaissent que quand un orage est proche? Ils viennent prévenir leurs anciens camarades du péril qui les menace.

« Voyez : bien qu'il n'y ait encore aucune apparence de mauvais temps, le capitaine Bulwer a déjà fait plier la voile; il sait ce que les poussins viennent nous annoncer.

« Encore une fois, Monsieur, gardez-vous de faire tirer sur ces oiseaux, il nous arriverait malheur. »

Richard avait envie de rire de la superstition du vieux marin; néanmoins, pour ne pas le fâcher, il renonça à son projet.

« Sur ma parole, Tom, dit-il, vous pouvez être tranquille; ne fût-ce que par affection pour vous, je laisserai les pétrels en paix. »

Le contremaître poussa un soupir de soulagement.

« Merci bien, Monsieur; vous me rendez un

service ; mais, croyez-moi, vous vous en rendez
aussi un à vous-même. Si vous voulez, je vous
raconterai une histoire qui m'est arrivée ; elle
vous montrera qu'il ne faut point plaisanter avec
les pétrels. »

Richard ne demandait pas mieux, et, comme
le contremaître avait quelques instants de liberté, il commença sans préambule :

« Il y a dix-sept à dix-huit ans, dit-il, je
servais comme matelot sur le brick *Worcester*,
allant aux Antilles. Nous avions une traversée
très agréable. Outre l'équipage, il se trouvait à
bord quelques passagers, tous gens instruits,
très bons et très condescendants. Le meilleur de
tous était cependant un certain colonel Walker
voyageant avec sa femme et sa belle-sœur, jeune
fille si aimable, que tous les matelots se seraient
jetés à l'eau pour elle.

« Outre cette famille, il y avait M. Flint, un
jeune savant, qui allait faire un tour aux Antilles
pour emmagasiner encore plus de science dans
sa tête ; et enfin un Écossais, jeune homme vif,
d'une gaieté communicative et que tout le monde
aimait parce qu'il se plaisait à faire rire les autres.

« Nous allions arriver bientôt à notre desti-
nation. L'Écossais avait fait des parties d'échecs
avec le capitaine, des dessins avec ces dames, tiré
quelques oiseaux, péché des poissons avec le co-

lonel ; il s'était amusé avec les matelots, leur
contant de jolies histoires pour rire ; il avait eu
des conversations sérieuses avec M. Flint ; en un
mot, il avait été au mieux avec tous, lorsqu'il lui
arriva une affaire que ni le capitaine ni l'équipage ne purent lui pardonner. Il le paya cher,
du reste.

« Parmi les nombreux oiseaux que le colonel et
lui avaient tirés pour la collection de ces dames
il n'y avait pas encore de pétrel. Miss Jenny en
désira un, et notre Ecossais lui jura qu'elle
l'aurait, dût-il rester aux aguets trois jours et
trois nuits.

« En effet, il ne bougea pas du pont. Vers le
soir du premier jour, on vit arriver quelques
pétrels ; le colonel et lui allaient tirer, lorsque
notre capitaine les pria de n'en rien faire, ainsi que
je vous l'ai demandé moi-même, monsieur Eberard. Comme vous, le colonel désarma aussitôt son
fusil et ne s'occupa plus des oiseaux ; mais l'Écossais se mit à rire et à se moquer de notre superstition, disait-il. Il lâcha son coup, et manqua
son but. En ce moment le contremaître s'avança
vers lui :

« — Je vous défends de tirer encore, » dit-il
d'un air menaçant, bien que généralement il fût
en bons termes avec le joyeux jeune homme.
« Ne tirez plus, répéta-t-il, nous autres ma-

rins nous n'entendons pas raillerie sur ce point. »

« L'Écossais rit de nouveau, et, sans se préoccuper du contremaître, il chargea tranquillement son fusil, puis il visa. Deux poussins tombèrent.

« — Tu me payeras cela, mon garçon, » murmura le contremaître en jetant sur l'Écossais un regard qui exprimait un · violente colère.

« Je vis ce regard, et je remerciai Dieu que le contremaître ne l'eût pas tué du coup.

« — Capitaine, s'écria l'Écossais, tout content de son adresse et ne s'occupant nullement du marin placé près de lui; capitaine, voulez-vous avoir la bonté de faire mettre un canot à la mer pour que je puisse aller chercher mon butin?

« — Certes, Monsieur, s'écria le capitaine tremblant de colère, je vous donnerai un canot si vous voulez me promettre de ne plus revenir à mon bord; sinon laissez-moi tranquille. »

« Ce disant, il lui tourna le dos.

« C'en était fait de la gaieté de tous. Le capitaine, les hommes de l'équipage n'adressèrent plus une parole à l'Écossais, bien que les autres passagers cherchassent à faire revivre la bonne intelligence.

« Je dois vous dire que dans ces parages les eaux sont claires et transparentes. On peut voir le fond de la mer à vingt mètres de profondeur.

« Le lendemain, après le malheureux coup de l'Écossais, le beau temps avait attiré tous les passagers sur le pont. Le jeune homme débitait des plaisanteries, mais personne n'était disposé à en rire. Voyant cela, il devint silencieux et de mauvaise humeur, se pencha par-dessus le pont et regarda les vagues. Il y vit bientôt une masse de beaux poissons; l'envie lui vint de les pêcher à la ligne. Il alla chercher ses instruments et en prit de quoi faire un bon plat.

« — Assez pour tous ceux qui veulent y croire, » murmura le contremaître.

« J'étais à côté de lui quand il dit ces paroles; mais je n'y fis pas attention, parce que depuis la veille il était d'une humeur exécrable.

« Les poissons furent préparés, et tous en mangèrent, hors le contremaître et M. Flint, qui n'était pas très bien, et qui ce jour-là ne mangea point. Moi aussi, je me fis une fête de goûter ce poisson inconnu. Mais à peine avais-je eu le temps d'avaler quelques bouchées, que le contremaître me fit lever de table et me donna un travail qui ne me semblait pas si pressé.

« Je lui en voulais en ce moment; mais je compris bientôt qu'il n'avait agi ainsi que pour mon bien. J'étais son favori, et il voulait me préserver d'un malheur; ah! oui, d'un malheur causé seul par le coup malencontreux de l'Écossais.

« Une heure après le dîner, tout le monde à bord fut malade. Une sueur froide nous inondait; nous avions des nausées terribles; une fièvre violente nous saisit, et nous tremblions comme des feuilles. Le capitaine se tordait comme un ver, le colonel Walker croyait sa dernière heure arrivée, et les pauvres femmes se lamentaient à fendre le cœur. Les matelots criaient et juraient; tout ordre et toute discipline avaient cessé. Seuls le contremaître et M. Flint, qui n'avaient pas mangé de poissons, se portaient parfaitement.

« — Chien! » s'écria tout à coup le capitaine, voyant que le contremaître regardait avec un plaisir haineux l'Écossais, qui se tordait de douleur; « chien! les poissons étaient venimeux, et tu le savais.

« — Certes oui, je le savais, répondit le contremaître avec sang-froid. Je suis un vieux marin, et je ne sais pas mentir; je ne crains pas le diable, encore moins les hommes. Oui, je le savais; je n'ai rien dit, pour que l'Écossais n'échappât point à sa punition. Le gredin doit

en mourir, afin que la mort de ces pauvres
pétrels soit vengée.

« L'Écossais écumait de rage en entendant ces
mots ; il se sentait perdu, car il avait mangé plus
qu'aucun autre de ces terribles poissons. Mais son
misérable état n'éveilla point de pitié dans le
cœur du contremaître.

« — Monstre ! s'écria le capitaine, je te ferai
pendre aussitôt que nous arriverons à la Ha-
vane !

« — Cela m'est égal ! Sur le gibet même, je me
réjouirai que l'Écossais soit devenu la proie des
monstres marins.

« — Ne te réjouis pas trop tôt, hurla l'Écossais,
à qui la fureur avait fait retrouver ses forces.
Si je dois être dévoré, tu ne le seras pas moins. »
Il s'élança sur le contremaître, et avec une force
incroyable il le serra à la gorge. Le malheureux
devint livide, les yeux lui sortaient de la tête ;
puis le jeune homme le traîna jusque vers la
poupe et de là se jeta avec lui à l'eau.

« Aucun de nous n'avait bougé ; la maladie et
la frayeur avaient paralysé nos forces. Ce fut
en vain que le contremaître se défendit contre
la fureur de son ennemi, celui-ci ne le lâcha
pas.

« Lorsque enfin, aidé de M. Flint, le seul de
nous qui fût bien portant, je pus parvenir à

mettre le canot à la mer, les vagues s'étaient déjà
refermées sur les deux hommes.

« C'était le premier malheur causé par la mort
dos poussins; d'autres ne devaient pas tarder à
fondre sur nous.

« Vers le soir, l'orage annoncé par les pétrels
commença à se déchaîner; cela était d'autant plus
fâcheux, que nul de nous n'avait la force de ma-
nœuvrer les voiles. Tous les matelots étaient ma
lades; moi-même, qui pourtant avais à peine
goûté aux poissons, j'étais dans l'impossibilité
de faire un mouvement.

« Personne donc, sauf M. Flint, pour s'occu-
per du navire et des malades. Il fit ce qu'il put.
Aidé de mes conseils, il se mit au gouvernail et
vira la poupe au vent, afin d'empêcher le brick
d'être ballotté par les vagues. Puis il attacha le
gouvernail et abandonna le navire à sa course.
Le vent le poussait avec une force incroyable;
nous redoutions à chaque instant que les voiles
et les mâts tombassent par-dessus bord; mais
notre brick était bien construit et pouvait résister
à l'orage.

Au milieu de la nuit, nous sentîmes une
commotion épouvantable et nous entendîmes des
cris terribles : notre second mât avec toutes ses
voiles se brisait. Nous venions de rencontrer un
autre navire; mais, avant que nous eussions eu

le temps de l'apercevoir, il était déjà loin de
nous. M. Flint coupa au plus vite les cordages
qui retenaient le mât, ce qui faisait pencher le
brick. Après bien des heures terribles, le jour
parut enfin, et nous rendit un peu de sécurité.

« La nuit avait été épouvantable. Les poissons avaient fait quatre victimes, et c'étaient
les meilleurs matelots du navire. Nous autres
nous allions mieux; l'effet du poison était passé,
bien que nous fussions loin de nous sentir tout à
fait bien.

« Le capitaine reprit le commandement; la
veille et la nuit précédente il ne l'avait pu, car
il était étendu comme mort. Il ordonna de jeter
les ancres.

« L'orage se calma un peu, et nous pûmes
songer à prendre du repos. La journée se passa
ainsi; trop faibles pour faire un autre ouvrage,
nous raccommodâmes quelques voiles. Vers le
soir, le vent tomba tout à fait.

« Il fallait rendre les derniers devoirs à nos
camarades morts; nous les attachâmes sur des
planches, et, après avoir mis quelques boulets
pour les faire descendre au fond de la mer, nous
les fîmes glisser en priant pour leurs pauvres
âmes.

« Le lendemain, nos forces étant un peu re-
venues, nous voulûmes remonter l'ancre; cepen-

dant cinq de nous ne purent la détacher. Bob,
qui avait pris la place du contremaître, regarda
par-dessus le bord et recula en jetant un cri
d'épouvante.

« — Qu'y a-t-il ? lui demandai-je.

« — Nous ne pouvons nous sauver, dit-il ; ré-
citons nos dernières prières, camarades, notre
fin est proche ; ceux de là-bas nous retiennent. »

« Un frisson de terreur parcourut nos membres.

« — Tu te trompes, Bob, lui dit un matelot plus
hardi que les autres.

« — Regardez vous-mêmes, » répondit celui-ci.

« Nous nous penchâmes. Au fond de la mer,
la figure tournée vers nous, nos quatre camarades morts la veille tenaient le vaisseau cloué à
la même place.

« — Mon ordre n'est-il pas encore exécuté ?
s'écria le capitaine en se présentant.

« — Impossible, capitaine ; nous l'avons essayé
en vain : les morts nous retiennent. »

« Le capitaine pâlit en entendant ces paroles ;
mais le colonel nous engagea à essayer de nouveau ; il dit que nous étions encore faibles et
que l'ancre était lourde.

« — Monsieur, dit Bob, comment voudriez-
vous que cinq gaillards de notre force ne pussent
lever une ancre s'il n'y avait quelque chose d'ex-

traordinaire ? Non, non, nous sommes perdus !
Cinquante hommes ne pourraient la détacher
ici.

« — Coupez la corde, dit M. Flint.

« — Inutile encore ; nous sommes attachés à
cette place, nous y resterons jusqu'à ce que les
vivres nous manquent et que l'un après l'autre
nous mourions de faim. Le vaisseau tombera en
morceaux et ira rejoindre les matelots qui l'at-
tirent. Rien ne peut nous sauver, à moins qu'eux-
mêmes ne veuillent nous délivrer. Et qui sait s'ils
le voudront?

« — Quelle horrible superstition ! s'écria la
femme du colonel Edward; monsieur Flint, ne
les obligerez-vous pas à retirer l'ancre ?

« — Que pourraient-ils faire ? Pauvre dame!
ce n'est pas une superstition, vous le verrez
vous-même : c'est la plus affreuse des vérités.
Point de salut si ceux de là-bas s'y opposent. »

« Pendant que Bob parlait ainsi, tous regardaient dans la mer et voyaient nos camarades
morts leur faire des signes de tête. Chacun s'était
tu ; les femmes pleuraient à fendre le cœur. Tout
à coup Bob cria:

« — Nous sommes sauvés! Grâces soient rendues à Dieu! Les voilà ! les âmes fidèles s'en-
volent! Hardi maintenant, mes garçons! »

« Nous regardâmes dans l'air: en effet, quatre

pétrels voletaient autour du navire. D'un commun accord nous nous écriâmes tous : ·

« — Grâces soient rendues à Dieu ! »

« Les passagers nous regardaient avec surprise :

« — Pourquoi sommes-nous donc sauvés ? demanda le colonel.

« — N'avez-vous donc point d'yeux pour le voir? s'écria Bob, montrant du doigt les quatre poussins. Ne sont-ils point sortis de la mer devant nos yeux? Ils sont quatre, c'est le nombre de nos camarades là-bas; ils ne nous ont point délaissés, parce qu'ils savent que nous sommes innocents du meurtre des poussins. En vérité, nul ne peut plus douter de ce que je vous dis. Les cadavres ne nous retiennent plus ; Dieu merci, nous pouvons lever l'ancre. »

« Cinq minutes après, les ancres étaient à leur place ; elles semblaient remonter seules. Nos braves camarades avaient tenu parole, nous étions sauvés ! »

Le contremaître se tut.

« Singulière coïncidence, en effet, que les pétrels se soient montrés à ce moment critique! dit Conrad après quelques minutes de silence.

— Comment! s'écria le vieux Tom, vous pensez que ce n'était qu'un hasard ! »

Il se leva et descendit sous le pont, sans vouloir écouter les excuses de Conrad, qui était fâché d'avoir contrarié le vieillard.

« Il croit vraiment que les pétrels étaient les âmes de ses camarades, dit le docteur à Richard. Comme ces croyances superstitieuses sont tenaces dans l'esprit de ceux qui n'ont point reçu une éducation soignée !

— En tout cas, c'est une étrange histoire, remarqua le jeune Eberard. J'avoue que je comprends cette superstition, bien que je ne l'approuve pas ; mais quand je pense à ma bohémienne...

— Ah ! la prophétie ! s'écria Conrad en riant.

— C'est, en effet, un argument puissant. Mais peut-être réussirai-je plus tard à trouver une explication plausible à cette aventure.

— Cela te sera difficile.

— Je n'en disconviens pas. Mais, pour revenir à l'histoire du contremaître, je dois dire que l'Écossais eut tort de tirer sur les pétrels, car, si ridicules que soient les faiblesses de nos semblables, nous devons ménager ceux-ci et tâcher de les en guérir par de bons arguments. Toutefois, dans l'histoire que nous venons d'entendre, tous les malheurs ne sont pas venus de la mort des pétrels, mais de la superstition et du caractère violent du contremaître du brick.

— N'importe, répondit Richard en se tournant vers Antoine, je te défends de tuer un de ces oiseaux : tu m'entends ? »

———————

VIII

« Terre ! terre ! » s'écriait la vigie.

A ce cri tant attendu, Richard, Conrad, Augustin, Antoine, le capitaine, le contremaître, en un mot, tous ceux qui n'étaient pas retenus par leurs travaux, s'élancèrent à l'avant du navire pour jouir de l'aspect de la côte australe d'Afrique.

Toutefois ce ne fut qu'après un certain temps qu'on se trouva assez près de la terre pour pouvoir distinguer la côte montagneuse entre le ciel et la mer.

A l'aide du télescope on vit enfin la montagne de la Table, couronnée de vapeurs et ressemblant à un nuage d'un bleu transparent.

La nuit survint, et le capitaine donna à nos amis le conseil d'aller prendre du repos, afin de pouvoir se lever de bonne heure.

« Cher capitaine, vous nous ferez appeler avant le lever du soleil ? demanda Richard.

— Je vous le promets ; on frappera de bonne heure à vos cabines. »

Pendant que les passagers se livraient au sommeil, le *Nabab* tournait heureusement les rochers si dangereux de Green-Point, où plus d'un beau navire a sombré en vue du port désiré.

A une heure du matin, le *Nabab* jeta son ancre dans la baie de la Table.

Le capitaine, qui jusqu'alors n'avait pas quitté le pont, descendit à son tour, mais non sans avoir donné l'ordre de l'éveiller avant l'aube.

Le soleil n'envoyait pas encore ses premiers rayons sur les vagues, que nos amis étaient déjà sur le pont, les regards tournés vers la rive. La ville du Cap était encore enveloppée dans les ombres de la nuit. Derrière elle s'élevait la montagne de la Table, avec ses immenses rochers informes, entourés de brouillards semblables à un immense voile grisâtre.

Mais, après une courte attente, le soleil parut, et ses rayons victorieux chassèrent les ombres du crépuscule et les brouillards humides.

L'œil surpris découvrait alors la ville du Cap, s'élevant en amphithéâtre jusqu'au pied des montagnes de la Table et du Lion. Devant elle des centaines de navires se balançaient sur les vagues, tandis que sur la gauche s'étendaient les dunes ou la plaine du Cap, surmontée dans le lointain par la montagne du Tigre et les monts Bleus de la Hottentotie hollandaise.

Ce paysage, inondé des premiers feux du jour, fit une impression profonde sur les voyageurs. Le manque de verdure s'y faisait à peine sentir : tout était nu, aride, sans trace de végétation, et pourtant grandiose et sublime.

« Quelle ville et quel pays étranges ! s'écria Conrad. Quelle différence avec l'aspect des paysages d'Europe et de Madère ! N'y a-t-il donc point d'arbres ici ?

—Vous en trouverez en avançant dans le pays, dit le capitaine, si toutefois vous persistez dans l'intention de vous y arrêter quelque temps.

—Certainement; il faut bien y rester au moins une quinzaine de jours pour voir une petite partie de l'Afrique australe, et, si c'est possible, tuer un lion et d'autres bêtes féroces pour la collection de mon ami. C'est aussi ton intention, n'est-ce pas, Richard?

— Sans doute; ne faut-il pas essayer enfin nos carabines? Antoine ne sera pas mécontent de pouvoir tirer sur un lion ou sur un léopard, au lieu de tuer de timides lièvres comme en Europe.

— Assurément, répondit le hardi chasseur; m'est avis que ce serait une honte pour moi de perdre l'occasion d'éprouver mon courage et mon adresse dans un combat avec des bêtes féroces. J'espère qu'en parlant plus tard de nos chasses nous aurons bien des incidents intéressants à raconter.

— Les incidents ne vous manqueront pas si vous êtes si désireux d'aventures, dit le capitaine. Toutefois prenez garde qu'il ne vous en arrive de désagréables : la force et la férocité des animaux africains sont connues.

« Si vous le voulez, Messieurs, je vais vous faire faire connaissance avec un de mes bons amis qui habite le Cap. Le général Hall est un chasseur intrépide, dont les conseils ne vous seront point inutiles.

— Nous acceptons de grand cœur votre bonne offre, mon cher capitaine, s'écria Richard avec vivacité, si vous ne craignez pas que nous n'importunions votre ami.

— Il ne peut nullement être question d'importuner, répartit le capitaine avec vivacité. Je ne fais que mon devoir en vous laissant sous la protection d'un de mes amis, à qui je ferai ainsi un grand plaisir.

— Comment ! nous laisser ! s'écria Richard; vous pensez donc vous séparer de nous ?

— Hélas ! oui, bien que j'en sois fâché ; mais mon séjour au Cap ne se prolongera pas au delà d'une semaine, et ce temps ne saurait suffire à calmer votre ardeur. Quant à moi, je dois au plus vite gagner les Indes.

— En ce cas nous ne resterons nous-mêmes que huit jours. Ce temps nous permettra de voir bien des choses, et nous réserverons le reste pour notre retour de Ceylan. Qu'en dis-tu, Conrad ? »

Le docteur pensait de même. Nos amis avaient pris le capitaine en grande affection ; celui-ci le leur rendait bien. Le vieux contremaître était tout joyeux d'apprendre que les passagers ne quitteraient pas encore le *Nabab ;* seul Antoine trouva qu'un séjour d'une semaine n'était pas suffisant.

« Si seulement nous pouvions tuer un lion ! dit-il. J'avoue que je brûle d'envie de me mesurer avec le roi des animaux.

— Vous en trouverez peut-être l'occasion, dit le capitaine ; sinon vous vous dédommagerez à Ceylan : les bêtes féroces n'y manquent pas, bien qu'il n'y ait pas de lions.

« Mais, puisque vous êtes assez aimables pour rester encore mes passagers, il ne vous faut pas perdre un instant ; chaque minute pourrait vous priver d'une bonne chasse, ce qui désespérerait Antoine. Le mouvement commence

5*

dans la ville, les chariots à bœufs arrivent, notre canot est appareillé : si vous voulez, nous allons descendre. »

Une heure plus tard, le capitaine présenta ses amis au général Hall, qui les reçut avec la plus grande cordialité. C'était un bel homme, d'une quarantaine d'années. Il était retiré du service actif et vivait agréablement.

Il habitait une grande maison, du toit de laquelle on avait une vue superbe sur les alentours et sur la mer. L'intérieur était meublé avec un confort qui prouvait une grande fortune.

Le général avait à ses ordres de nombreux domestiques, et dans ses écuries une dizaine de chevaux. Son cabinet particulier était orné d'armes de toutes sortes, depuis la lance grossière des Boschimen jusqu'à la plus belle carabine sortie des manufactures anglaises ; des fusils, des poignards, des arcs, des sabres, en un mot, toutes les armes s'y trouvaient.

« Eh bien ! Messieurs, dit le général après avoir fait apporter quelques rafraîchissements et une bouteille du vin délicieux de Constantia, vous voulez donc entreprendre une partie de chasse en Afrique, et vous venez pour prendre mes conseils? Eh ! eh ! c'est une chose délicate que de donner un conseil, et, plus j'y réfléchis, plus je me sens éloigné de vous en donner. »

Richard et Conrad furent un peu interdits de cette déclaration; mais le capitaine Bulwer partit d'un joyeux éclat de rire.

« Tu n'as donc pas changé? dit-il: Ne vous effrayez pas, Messieurs; je vois à ce début que mon ami aime mieux vous faire une proposition que de vous donner un conseil.

— Il est vrai que j'ai une idée, dit le général en souriant; mais je ne sais pas si ces messieurs l'approuveront.

— Voyons toujours, dit le capitaine.

— Eh bien ! Messieurs, que diriez-vous si je me mettais à la tête de votre entreprise? M'accepteriez-vous pour guide dans les forêts et les déserts africains?

— Ce serait le plus grand plaisir que vous pussiez nous faire, s'écrièrent nos deux amis; cela passerait nos espérances. »

Le général émit alors son avis.

« Nos préparatifs n'étant pas faits, il serait trop tard pour nous mettre présentement en route; de plus, il vous faut prendre un peu de repos sur la terre ferme pour vous délasser des fatigues de votre voyage. Mon avis est donc de nous contenter aujourd'hui d'une promenade sur la montagne de la Table, et de commencer demain de fort bonne heure notre tournée à l'intérieur.

« Seras-tu de la partie, Bulwer ?

—Aujourd'hui, oui ; mais les autres jours c'est impossible. »

Le général sonna alors son valet de chambre et lui ordonna de faire préparer pour l'après-midi quelques chevaux et quelques chariots à bœufs pour le lendemain matin ; de plus, d'envoyer immédiatement des esclaves avec un panier de vin et de vivres à la montagne.

« Vous ignorez sans doute que nous ne pouvons arriver à cheval que jusqu'au pied de la montagne ; là le chemin est si escarpé, qu'il faut le faire à pied. La marche est un peu fatigante...; mais, une fois sur la hauteur, la vue nous dédommagera de nos fatigues.

—Je n'en doute pas, reprit Conrad ; mais permettez-moi de vous demander pourquoi vous voulez prendre des chariots à bœufs pour demain.

—Pour nous transporter, répondit le général en souriant. Au Cap nous n'avons point de voitures ni de diligences..., et faire tout ce voyage à cheval serait trop fatigant. De plus, il nous faut emporter nos vivres, car nous chercherions en vain des hôtels dans le désert, où les lions et les hyènes ont élu leur domicile. Mais soyez sans crainte..., ces chariots sont fort commodes ; la nuit on y dort comme dans son lit, et pendant le jour on y trouve un abri contre les rayons du soleil. Cela ne nous empêchera pas d'emmener nos montures, dont nous aurons aussi besoin. »

Nos amis firent un tour dans la ville; puis, l'après-midi venu, ils montèrent à cheval. Richard se tenait difficilement en selle; mais, aidé des bonnes leçons du général, il parvint bientôt à s'y sentir à l'aise. Ils atteignirent ainsi sans accident l'endroit où il fallait laisser les montures.

A partir de ce moment, la marche devint difficile et fatigante; on n'atteignit la hauteur qu'après plusieurs heures. Harassés et affamés comme ils étaient, ils furent charmés des trouver les provisions que le général avait fait apporter dans la matinée. On y fit honneur avant même de jeter un regard sur les environs.

« Maintenant nous pouvons jouir de la vue, dit le capitaine après que tous se furent restaurés.

« Tout d'abord je vais vous montrer une chose remarquable à cette hauteur; car nous nous trouvons à quatre mille mètres au-dessus du niveau de la mer, » dit le général en conduisant ses compagnons sur le plateau de la montagne.

Ce plateau était couvert d'une verdure exubérante : partout on voyait des plantes et des ar-

bustes couverts de fleurs odorantes : des orchi-
dées, avec leurs calices aux formes étranges,
ressemblant à des insectes, des iris, des arums
et des bruyères. Enfin des milliers de fleurs variées sortaient de toutes les fentes des rochers ;
le sommet de la montagne ressemblait à un
jardin cultivé. Augustin surtout fut ravi de la richesse de la flore ; il cueillit des bouquets énormes, destinés à enrichir l'herbier de ses maîtres.

Tout à coup les promeneurs se trouvèrent
devant un lac caché par des bosquets.

« Voilà la curiosité dont je vous ai parlé, dit
le général. Il est vrai que le *Nabab* de notre ami
n'y trouverait pas assez d'eau ; mais n'est-ce pas
remarquable qu'à cette hauteur il se soit formé
une lac d'une dimension et d'une profondeur
respectables ?

— Cela est non seulement remarquable, répondit Richard, mais encore inexplicable, puisqu'aux alentours il n'y a pas de montagnes plus
hautes dont les eaux puissent alimenter le lac.

— Pas inexplicable, bien que les savants se
soient longtemps creusé la tête pour en trouver la raison, laquelle, malgré tout, est bien
simple. Le sommet de la montagne est presque
toujours enveloppé de brouillards et de nuages,
de sorte que nous avons eu la chance très rare
d'un beau soleil. Eh bien ! là où il y a des

brouillards et des nuages, l'eau ne manque pas
non plus, puisqu'ils sont formés par une réunion
d'éléments humides.

« Cette humidité entretient donc le lac, qui
déborderait certainement si le vent et le soleil
ne prenaient soin d'en retirer le superflu par
la vaporisation. Quand je monte ici de bonne
heure, les brouillards me mouillent jusqu'aux os,
et la rosée qui recouvre les fleurs et les herbes
est si forte, qu'on les croirait arrosées par une
grande pluie. »

Après une courte halte près du lac, nos amis
se dirigèrent à droite.

Un panorama magnifique s'étendait devant
eux. A leurs pieds se voyaient la ville et la baie
avec ses nombreux vaisseaux, la mer dans son
immense étendue, et les rives découpées du con-
tinent, parsemées de fermes coquettes ou de villages entourés de bosquets.

Le spectacle était vraiment splendide; nos amis
ne pouvaient en détacher leurs regards, et le général dut les avertir plusieurs fois qu'il était
temps de partir s'ils voulaient encore faire une
visite aux immenses et célèbres vignobles de
Constantia, d'où on avait aussi une belle vue sur
les baies de Jalse et de Simons.

Mais cette vue était loin de présenter le magnifique spectacle vu du sommet de la montagne, et

ce fut sans se faire prier que nos amis descendirent vers la ferme de Groot-Constantia. Ce fut là qu'au commencement du siècle dernier les premières vignes furent plantées par un médecin allemand demeurant près du gouverneur Van der Stoll.

Le succès de cet essai dépassa toute espérance; bientôt après on fit un second vignoble, appelé Klein-Constantia. Tout dernièrement on en planta un troisième, Hoch-Constantia; mais celui-ci ne réussit pas aussi bien.

Après avoir goûté le vin chez le propriétaire, nommé M. Cloote, les voyageurs remontèrent sur les chevaux que le général avait fait venir à Groot-Constantia, et après un galop rapide ils arrivèrent à la ville.

« Quelle journée agréable! dit Richard lorsque son ami et lui se furent retirés dans leur chambre commune.

— Agréable, oui, mais un peu fatigante, dit Conrad. Je crains que ta santé ne te permette pas beaucoup de courses de ce genre.

— Allons donc! repartit Richard en riant, n'as-tu pas encore remarqué que je ne suis plus le même homme qu'à Anvers? Va, je pourrais supporter autant de fatigues que toi. Ah! que je bénis notre rencontre avec la bohémienne! Te la rappelles-tu encore?

— Je le crois bien. Dieu veuille que ce bon commencement ait une aussi bonne suite. Je suis persuadé qu'on ne te reconnaîtrait pas à Anvers. Ta figure, si pâle autrefois, a bruni sous l'action du soleil, et tes yeux brillent de vivacité. J'ose vraiment espérer que Dieu t'accordera une santé robuste.

— Je l'espère avec toi : vois combien je suis déjà fortifié. Quel homme charmant que ce général Hall, et quelle bonne aubaine pour nous de l'avoir dans nos excursions ! Ne redoutes-tu pas une rencontre avec un lion ou un éléphant?

— Non; mais j'avoue que je crains un peu pour toi.

— Sois sans inquiétude, répondit Richard avec enjouement. Bien que je ne sois pas un Samson pouvant déchirer les lions, j'ai confiance dans nos bons fusils. Et puis qui aurait peur avec de si hardis compagnons? Sur ce, bonsoir, je suis accablé de sommeil. »

Cinq minutes après, nos bons amis goûtaient un repos réparateur.

IX

Le jour n'avait pas encore paru lorsque le général fit éveiller ses hôtes. Après s'être rapidement habillés et avoir dit une courte prière, ils se rendirent au salon, où ils trouvèrent le général en conversation avec Antoine.

« Je vous répète qu'ils ne valent pas le diable ici, disait le général au moment où nos amis entraient. Même en y mettant une double charge de poudre, vous n'entameriez pas la peau d'un buffle. C'est bon pour tuer des oiseaux; mais, si vous voulez attaquer un lion, et, plus encore, un hippopotame, il vous faut une autre carabine et des balles de fer. »

Antoine répondit que son maître n'avait malheureusement point d'autres armes; qu'il fallait donc se contenter de celles-ci.

« A moins que nous puissions nous en procu-

rer d'autres ici, dit Richard en entrant et en
tendant la main au général, qui la pressa avec
cordialité.

— J'explique justement à votre chasseur comment il faut être armé pour oser entreprendre
la chasse des bêtes féroces. Il me dit que vous
avez envoyé à Ceylan vos plus fortes carabines...
Heureusement que j'ai tout un arsenal à votre
service.

— Ne pouvons-nous acheter...? » commença
Richard.

Mais le général interrompit aussitôt sa phrase.

« Cela nous retarderait trop en ce moment;
cependant je vous donnerai le conseil d'acheter,
à votre retour, des carabines pouvant porter des
balles pesant une once. Les éléphants de Ceylan
ne sont pas non plus des biches.

— Je suivrai votre avis, répondit Richard, et
jusque-là nous profiterons de votre bonne
offre. »

Le général alla choisir lui-même dans son
arsenal un certain nombre d'armes, qu'il fit
porter sur un chariot aménagé exprès pour ce
transport. Tout le reste étant déjà prêt, on n'avait
qu'à monter dans les voitures.

« Partons donc, Messieurs, dit le général après
qu'ils eurent pris un déjeuner copieux. Nous
devons avoir fait ce soir une bonne partie du

chemin si nous voulons retourner à temps auprès de mon ami Bulwer. »

On se rendit dans la cour, où se trouvaient les chariots, attelés chacun de douze bœufs. Une dizaine de chevaux tout sellés frappaient la terre de leurs sabots, et seize à dix-huit gros chiens, tenus en laisse par des esclaves hottentots, voulurent s'élancer vers le général. Quelques paroles de celui-ci calmèrent les superbes animaux, dont quelques-unes paraissaient assez forts pour attaquer un lion ou un léopard. Le général inspecta ses gens, qui, au nombre d'une vingtaine, étaient tous parfaitement armés.

« Tout est en ordre, dit-il ensuite. A vous, Messieurs, de décider si nous commençons le voyage à cheval ou en chariots.

— Je voterai pour le cheval, dit Richard vivement; les chariots peuvent être très commodes pour la nuit, mais ils ne permettent pas de voir l'aspect de la contrée. Et, de plus, je voudrais profiter encore de vos bons avis pour acquérir un peu plus de facilité à monter.

— Très bien, mon jeune ami; prenez donc le cheval bai brun; le docteur choisira entre les deux que le nègre amène : ce sont de fort bons animaux. Quant à moi, je monterai mon cheval noir. »

Augustin, Antoine, ainsi que le valet de pied

du général, montèrent également à cheval. Le
général donna ensuite les indications les plus
précises aux conducteurs de chariots pour la
halte du soir; puis la petite cavalcade partit en
passant devant le Val-de-Grâces, une mission
des frères moraves, et traversa les vastes plaines.

Le paysage qui s'offrait à la vue ressemblait
plutôt à un beau jardin qu'aux déserts de sable
que Conrad et Richard s'étaient attendus à
trouver.

« Au milieu de l'été, quand le soleil pompe
avec avidité la moindre goutte d'eau, ces plaines
se dessèchent, dit le général à ses compagnons.
Alors tous les alentours, qui sans nul doute ont
été couverts autrefois par les eaux de l'Océan,
deviennent un désert aride. Point d'arbre ni
d'arbuste, pas même un peu d'herbe dans ces
plaines infinies de sable. que le moindre vent
soulève en nuages étouffants. Mais en cette saison
on trouve de temps en temps des sources et des
ruisseaux avec de frais pacages pour les animaux. »

Peu à peu le soleil darda sur la nature ses
rayons brûlants, et nos amis cherchèrent un
endroit pour se mettre à l'abri pendant les
heures les plus chaudes de la journée. On arriva
à Sommerset, petit village au pied des montagnes de la Hottentotie; là on se reposa plusieurs

heures. Le soleil allait disparaître de l'horizon
lorsqu'on se remit en marche. Vers dix heures
du soir on s'arrêta de nouveau, et, comme bêtes
et gens étaient bien fatigués, le général décida
d'établir là leur première halte.

Aussitôt les quatre voitures furent placées en
un carré, au milieu duquel on attacha les bœufs
et les chevaux. Les chiens restèrent en dehors
du fort pour servir de garde.

Les voyageurs entrèrent dans les chariots, qui
en peu d'instants avaient été arrangés très com-
modément pour la nuit. En fermant les rideaux
de peaux de buffles, on y était en sûreté contre
les animaux sauvages, qui viennent rôder jusqu'aux environs de la ville du Cap. Nos amis
eurent une preuve de leur présence, car à minuit on entendit les hurlements des léopards et
les cris aigus des hyènes. Mais quelques coups
de fusil tirés à tout hasard les dispersèrent.

Aux premières lueurs du matin, les Hottentots
firent résonner leurs fouets et éveillèrent ainsi
toute la caravane. On alluma des feux pour préparer le café; les chariots furent attelés, et après
un bon déjeuner on continua à avancer.

Trois jours se passèrent ainsi sans amener
d'incidents. On ne pouvait pas songer à chasser
à si peu de distance des terres habitées; les bêtes
féroces se retiraient devant nos amis. Richard

trouva un grand attrait dans cette manière de voyager avec armes et bagages.

« Pour moi, dit le général, c'est la seule qui me paraisse agréable. Quelle magnificence n'offrent pas ces belles nuits africaines, quand les brillantes constellations du ciel austral scintillent dans l'azur du firmament et que le roi du désert ébranle l'air de ses rugissements! Les pays civilisés de l'Europe ne connaissent pas cette poésie sauvage.

— Ils ont pourtant du bon, objecta Conrad en souriant.

— Je ne me sens jamais mieux que quand je ne porte plus les chaînes de la civilisation, répondit le général.

— Parce que ces courses à travers les contrées désertes vous apportent des distractions variées; mais, si vous étiez forcé de vivre dans ces parages, vous vous trouveriez bientôt malheureux. Bien peu de ceux qui ont reçu dans les pays civilisés une bonne éducation consentent à changer leur vie réglée pour une existence nomade ou solitaire qui les sépare de l'humanité, et qui ne peut leur donner d'autres biens pour l'esprit et le cœur que la surexcitation des combats avec les obstacles que nous suscite la nature. Ce n'est point là la fin pour laquelle l'homme a été créé.

— Vous avez raison, mon ami, repartit le

général. Notre tâche en ce monde est de former notre esprit et notre cœur selon le divin exemple du Fils de Dieu. Toutefois je répète que je trouve de grandes jouissances dans les voyages comme celui que nous entreprenons.

— Je partage votre sentiment, car un tel voyage nous donne une foule de notions et de pensées nouvelles; il fortifie notre esprit et notre corps; il élargit le cercle de nos connaissances; il nous fait surtout reconnaître et admirer la puissance et la bonté de Dieu.

— Nous voilà donc parfaitement d'accord, dit le général, et nous allons clore ici notre petite discussion, car nous entrons en ce moment dans une partie de la contrée où je n'ai jamais mis les pieds sans rencontrer des animaux féroces. Le mieux serait de prendre nos carabines à la main et de nous diriger vers cette forêt de mimosas, à l'ombre de laquelle nous pourrons attendre les chariots. Nous trouverons difficilement un meilleur endroit pour notre campement; les pâturages pour nos bestiaux ne manquent pas; nous allons donc nous installer ici et chasser pendant deux ou trois jours. »

On atteignit en peu de minutes le petit bois, derrière lequel une rivière bourbeuse roulait lentement ses eaux vers la mer.

Les chariots arrivèrent bientôt après; on les

disposa de nouveau en carré, afin de se mettre à l'abri d'une attaque; pour plus de sûreté, on alluma de grands feux; le général fit encore descendre les lourdes carabines et les posa toutes chargées à leur portée. Après avoir terminé tous ces préparatifs, nos amis soupèrent et se retirèrent ensuite dans leurs voitures. Les Hottentots se couchèrent autour des feux.

La nuit arriva, et le silence ne fut interrompu que par des rugissements éloignés; aucune bête féroce n'osa s'aventurer auprès des feux.

Le lendemain matin, le général fit monter les plus forts de ses hommes à cheval, et laissa les autres comme gardes auprès des chariots et des bœufs; puis il pria Richard et Conrad de ne point s'éloigner de lui, car ils pourraient être surpris par un danger quelconque que leur inexpérience ne saurait conjurer. Ils avancèrent alors, précédés par une douzaine de Hottentots tenant les chiens en laisse.

Richard sentait son cœur battre en voyant arrivé le moment tant désiré où il devait se mesurer avec les hôtes du désert. Il n'avait pas précisément peur, car il était bien résolu à attendre de pied ferme toute bête qui se présenterait; mais il ne pouvait se défendre d'une certaine émotion.

Conrad, bien qu'il eût plus d'empire sur lui-même, éprouvait des sentiments analogues; seul le général, habitué à ces sortes d'expéditions, gardait toujours son sang-froid. Augustin, le jardinier, suivait silencieusement son maître; lui non plus n'était pas tout à fait rassuré; quant à Antoine, il était gai et plein d'ardeur. Son impatience de montrer son courage le poussait toujours en avant.

La petite caravane avançait dans une vallée étroite formée par le fleuve; en certains endroits elle s'élargissait un peu, tandis qu'en d'autres les rochers se rapprochaient tellement, qu'on pouvait à peine passer. Plus loin, les rives du fleuve devenant libres, la contrée commença à être plus peuplée. A l'approche des chasseurs, un troupeau d'onagres s'enfuit sur les pentes rapides des montagnes; des antilopes sautaient de rocher en rocher; parfois, près de la rivière, on voyait un porc sauvage sortir subitement de l'herbe et s'éloigner en poussant des grognements.

Antoine avait la plus grande envie de tirer; mais le général l'en empêcha pour ne pas effrayer les bêtes féroces, qui, averties par les coups de fusils, se retireraient certainement dans leurs repaires. Le chasseur devait donc modérer son excès de zèle.

Un quart d'heure après être entrée dans la vallée, la caravane arriva près d'une forêt; tout à coup les chiens donnèrent de la voix et tirèrent sur leur laisse pour être détachés.

« Il y a quelque chose, dit le général après avoir observé ses chiens. Allons, Antoine, je pense que vous aurez l'occasion de contenter votre ardeur. C'est certainement un lion; les chiens ne seraient pas si furieux pour un autre animal. Silence, Bayaut! Ici, Fanfare ! Ils font un tel tapage, qu'on ne peut entendre ses propres paroles. »

Quelques coups de fouet imposèrent silence aux chiens.

« Il est hors de doute que c'est un lion, reprit le général se tournant vers nos amis; c'est pourquoi je vais vous expliquer ce que nous allons faire pour ne pas nous jeter dans un danger inutile. J'enverrai les chiens de l'autre côté de la forêt; là on les détachera, et je ne doute pas qu'ils ne fassent lever le lion et ne le forcent à sortir dans la plaine.

« Aussitôt qu'il paraîtra, nous sauterons à bas de nos chevaux et avancerons en rang pour faire feu. Visez avec sang-froid, et ne vous laissez pas intimider par l'air furieux du lion; je pense qu'ainsi nous ne pouvons manquer de le tuer.

« Mais, — car il faut prévoir même ce cas, — si nous le manquons, il avancera vers nous. Aussitôt nous devrons faire tourner nos montures, donner les brides à nos esclaves, charger au plus vite nos carabines, et nous agenouiller. Le lion avancera certainement bien près de nos chevaux; alors il se baissera pour prendre son élan; ce sera le moment de faire feu sur lui.

« Visez bien au front, car si nous le manquons encore, et surtout si nous le blessons, il sera furieux; les chevaux, épouvantés par ses formidables rugissements, se débanderont, et notre chasse pourrait se terminer d'une manière funeste.

« Toutefois, je le répète, il n'y a rien à craindre si nous montrons assez de calme et de sang-froid. »

Tout le monde promit de bien suivre les conseils du général. Celui-ci envoya aussitôt une partie des conducteurs avec les chiens de l'autre côté de la forêt; mais il en retint deux avec lui pour être en état de faire face à l'ennemi.

Les domestiques du général se postèrent ensuite autour du bois pour obliger le lion à sortir du côté où nos amis l'attendaient.

Tous ces préparatifs se firent en cinq minutes. Après un silence anxieux de quelques secondes, on entendit de nouveau les aboiements furieux des chiens.

« Ils l'ont dépisté, dit le général, nous le verrons bientôt. »

Un grondement sourd comme le bruit d'un tonnerre lointain, suivi d'un rugissement, ébranla l'air et fit battre plus rapidement le cœur de nos amis.

« Est-ce un lion ? demanda Richard.

— Oui, répondit le général ; nous allons l'entendre encore. Hardi ! mes enfants ! je reconnais à sa voix que c'est un lion déjà vieux ; mais, armés comme nous le sommes, nous n'avons rien à craindre. Ah ! ah ! un des chiens a reçu un coup de patte. Pauvre bête ! »

On entendit, en effet, un cri de douleur. Nos amis eurent ainsi une preuve de la force du lion, qui non seulement tenait tête à une quinzaine de chiens d'une grandeur extraordinaire, mais encore était victorieux. Ses hurlements devinrent plus forts et plus fréquents, tandis que les aboiements furieux des chiens se changèrent peu à peu en plaintes aiguës.

« Je vois qu'il faut les exciter, dit le général impatienté ; restez ici, mes amis, je reviendrai à l'instant. Je ne pense pas que le lion sorte du bois pendant mon absence, il se défend trop bien contre les chiens ; néanmoins, s'il paraissait, vous savez ce qu'il faut faire.

— Si vous avancez, général, je vous accompagne, dit Conrad ; je ne vous laisserai pas vous exposer seul au danger.

— Je ferai de même, dit Richard; car j'ai surmonté la première frayeur que la voix du lion m'a inspirée. Partons donc ensemble.

— En avant! » s'écria Antoine plein d'ardeur.

Le général hésita un moment; puis, voyant que toutes ses observations seraient vaines :

« Soit, dit-il, tentons un dernier essai pour faire sortir le lion de son antre. S'il refuse, nous irons le trouver. A cheval! tous à cheval! »

La petite troupe se partagea en deux camps : le général, Conrad, Richard et la moitié de leur suite avancèrent vers la gauche du bois; Antoine, Augustin et l'autre moitié allèrent à droite. Sur l'ordre du général, tout le monde tira à tout hasard des coups de fusils vers l'intérieur de la forêt; mais cette tentative n'eut aucun succès, le lion ne bougea pas. Après une minute d'attente, Antoine ne put retenir son ardeur.

« Nous perdons un temps précieux, dit-il; que celui qui a du courage me suive! Nous sommes six, et nous n'allons pourtant pas avoir peur d'une bête assez lâche pour ne pas quitter son trou. Avançons donc. »

Augustin lui demanda d'attendre l'ordre du général; Antoine ne voulut rien écouter.

« Restez ici si vous le voulez, je pense que je pourrai en finir seul. »

Sans attendre une réponse, il fit sentir l'éperon à sa monture et se dirigea vers la forêt.

Augustin hésita un moment; mais, ne voulant pas laisser son camarade affronter seul le danger, il le suivit.

On entendait toujours les cris des chiens, interrompus parfois par les rugissements furieux du lion; il était donc facile de savoir de quel côté il fallait se diriger. Les deux chasseurs avancèrent à petits pas, suivis des esclaves, qui se tenaient à une certaine distance.

Tout à coup Antoine saisit les rênes de sa monture et fit signe à Augustin.

A une vingtaine de pas devant eux le lion était couché sur les racines d'un grand arbuste; ses yeux flamboyaient.

« Le vois-tu, Augustin? demanda Antoine à voix basse.

— Oui, répondit celui-ci; mais sa position ne me semble pas trop favorable pour nous; mieux vaut nous retirer et attendre que les chiens le fassent sortir. »

Le conseil était bon; Antoine ne l'écouta pas : il brûlait du désir de tuer ce noble animal.

« Je tirerai d'abord avec Augustin, dit-il en se tournant vers les esclaves; si par hasard nous ne le tuons pas, vous ferez feu à votre tour. »

Les deux coups furent tirés. Le lion quitta sa

position et bondit vers les imprudents. Les esclaves, frappés de terreur, oublièrent de faire feu; ils prirent la fuite en criant, laissant ainsi les deux Européens seuls aux prises avec l'ennemi. Ceux-ci ne pouvaient se défendre, puisque les fusils étaient déchargés; ils s'élançaient dans la plaine.

Mais, si rapide que fût la course des chevaux, le lion les devança. En deux bonds il eut atteint la monture d'Augustin, et d'un seul coup de patte il jeta le cavalier par terre. Comme s'il eût bien connu son véritable adversaire, le lion laissa le cheval et se tourna vers le malheureux Augustin, qui, à moitié évanoui par cette brusque attaque, ne pouvait faire un mouvement pour se défendre.

L'animal posa sa patte sur la poitrine du chasseur, secoua sa crinière, et, poussant un rugissement, regarda autour de lui. Antoine dit plus tard qu'il n'avait jamais vu une expression plus saisissante de fierté et de force; mais en ce moment il ne songea qu'à sauver son ami. Téméraire comme il était, il sauta à bas de son cheval, et, brandissant son fusil, s'avança vers le lion.

Était-ce surprise d'une attaque nouvelle? était-ce générosité envers son ennemi vaincu? le lion poussa un autre cri, montra ses terribles dents, et, retirant ensuite doucement sa patte, jeta un regard imposant sur Antoine et tourna le dos. Il fit lentement quelques pas, donnant seulement des coups de patte aux chiens qui l'entouraient; puis, sautant des buissons d'une hauteur de quinze pieds aussi légèrement que s'il eût foulé de l'herbe, il sortit du bois et se dirigea rapidement vers la montagne.

Quelques coups de fusil tirés sur lui ne l'atteignirent pas, et bientôt il eut disparu.

Les appels répétés d'Antoine amenèrent les autres chasseurs près de lui. Ils virent avec effroi le pauvre Augustin toujours évanoui; mais, grâce aux soins de Conrad et du général, il reprit l'usage de ses sens. Il n'était heureusement point blessé, et n'avait reçu que quelques égratignures.

« Dieu soit loué! dit le général en poussant un soupir de satisfaction, nous en sommes quittes pour la peur. J'espère, Antoine, qu'une autre fois vous serez plus prudent, et que vous ne prendrez pas la chasse au lion pour une simple chasse au lapin. »

Antoine était tout honteux; il ne répondit rien aux observations du général, et accepta avec une telle humilité les reproches de Richard et de Conrad, que ceux-ci lui pardonnèrent volontiers.

Ce jour-là on n'eut plus envie de chasser;
toute la société était assez découragée, surtout
Antoine, qui, au lieu des éloges qu'il comptait
recevoir, n'avait entendu que de justes reproches.
Augustin se plaignit de vives douleurs dans la
poitrine et dans le dos; mais le général lui assura qu'une nuit de repos le remettrait entièrement.

X

LIONS, SAUTERELLES ET BUFFLES

La faiblesse d'Augustin ne permettait pas à la petite troupe d'avancer promptement; il était donc déjà tard quand elle arriva au campement. Rien de remarquable ne s'y était passé.

Comme on avait décidé de repartir de fort bonne heure le lendemain matin, nos amis se couchèrent aussitôt après le souper. Des feux avaient été allumés comme les nuits précédentes; grâce à cette précaution, on espérait goûter un repos non interrompu.

Toutefois, vers minuit, les chiens commencèrent à aboyer, les chevaux à frapper la terre de leurs sabots et les bêtes de trait à pousser des beuglements.

Tout le monde se leva aussitôt; chacun saisit sa carabine chargée. Quand Conrad et Richard

sortirent de leur chariot, ils entendirent le général gourmander ses gens parce qu'ils avaient
négligé d'entretenir les feux, qui étaient tous
éteints.

« Qu'y a-t-il? demanda Richard; un malheur
est-il arrivé?

— Non pas un malheur, répondit le général,
mais un accident très désagréable. Un lion, probablement celui-là même que nous avons vu aujourd'hui, est venu nous rendre une visite, et il
a emporté un de mes meilleurs chevaux. Les
hommes qui étaient chargés d'entretenir les feux
méritent une punition exemplaire; mais à quelque
chose malheur est bon, car ce hardi enlèvement
coûtera la vie au voleur. Les traces de sang de
mon pauvre Ali seront les meilleures indications
du repaire de la bête. »

Le général recommanda à ses esclaves de faire
mieux leur devoir le reste de la nuit, et chacun
se retira de nouveau.

Le lendemain matin, on partit de bonne heure
pour venger la mort du cheval. Cette fois on ne
chercha pas à l'aventure; on n'avait qu'à suivre
les chiens, qui, la tête contre terre et poussant
des aboiements, poursuivaient la piste sanglante.

On marchait à peine depuis une heure, lorsque
les chiens annoncèrent la présence de l'ennemi

dans une forêt de mimosas. Le général les fit aussitôt lâcher, et ils tombèrent si vivement sur le lion, que celui-ci quitta presque aussitôt sa retraite et gagna la plaine.

Le général était trop irrité de la perte de son cheval pour prendre les mêmes précautions que la veille. Du reste, tout le monde avait plus d'ardeur, et bientôt on vit tous les chasseurs suivre le lion au galop de leurs chevaux et en poussant des cris.

Le lion fit des bonds formidables pour échapper à ses ennemis; mais les chiens restèrent toujours à ses trousses, et les chasseurs ne le perdirent pas de vue. La bête, ainsi poursuivie, cherchait visiblement à gagner un petit bois distant à peu près d'un quart d'heure de l'endroit d'où on l'avait fait lever.

Le général et Conrad, qui étaient les mieux montés, galopaient en avant; mais, voyant que le lion avait vraiment trouvé un asile dans le bois, ils furent obligés d'attendre leurs compagnons. A une petite distance de la forêt, tous mirent pied à terre; on attacha les montures à des arbres, puis on avança.

« Attention! cria le général, dont les yeux lançaient des éclairs de colère, avançons tous, la carabine en joue, et honte à celui qui restera en arrière ! »

A peine nos amis avaient-ils fait une dizaine de pas, que les rugissements du lion retentirent, semblables au tonnerre; les chevaux furent épouvantés; le général, craignant qu'ils ne se détachassent, ordonna à un de ses esclaves de les tenir par la bride et la tête tournée du côté opposé à la forêt. On n'avait pas encore eu le temps de prendre cette précaution, que le lion, décidé à braver ses adversaires, sortit du fourré. Un rugissement épouvantable ébranla l'air, et au même instant les chasseurs, surpris, virent le lion, la gueule sanglante et grande ouverte, bondir dans leur direction.

Nul ne s'était attendu à une attaque aussi prompte; du reste, les mouvements de l'animal étaient si rapides, qu'on n'avait pas le temps de le viser. Tous se jetèrent de côté, le fauve bondit sur un des chevaux.

La pauvre bête, sentant les griffes de son ennemi lui déchirer les flancs, se cabra tout droit, et, perdant l'équilibre, s'abattit sur le dos. Les autres chevaux se débandèrent dans toutes les directions. Le lion, dédaignant d'achever le cheval vaincu, se releva, avança vers les chasseurs, et, parvenu à dix pas de distance environ, se baissa pour s'élancer sur eux.

Le moment était terrible : lequel de ces hommes allait-il choisir pour en faire sa proie?

Tous, se sentant directement menacés, restaient sur place, n'osant bouger. Richard fut le premier à secouer sa stupeur; voyant le lion darder son regard flamboyant sur Conrad, l'anxiété qu'il éprouvait pour la vie de son ami lui fit oublier sa frayeur; il leva sa carabine et tira.

Le lion fit un bond prodigieux en poussant un hurlement de douleur : il avait la mâchoire inférieure fracassée. Le général fit feu à son tour, et le blessa à la colonne vertébrale.

Le lion se ramassa de nouveau sur ses pattes de devant, la gueule écumante et rouge, les yeux injectés de sang. Toutefois ses pattes de derrière lui refusèrent leur service; il se traîna encore quelques pas, puis Antoine s'avança rapidement et lui tira une balle dans l'oreille. Le lion s'abattit aussitôt; la balle lui était entrée dans la tête : il était mort.

« Dieu soit loué! » s'écria le général, tandis que Richard, vaincu par l'émotion, tombait en pleurant dans les bras de son ami.

« Mon cher, mon brave Richard! s'écria Conrad, je te dois la vie. Oh! jamais je n'oublierai ce moment! Comment, toi le plus inexpérimenté de nous tous, as-tu eu le courage et le sang-froid de tirer quand nous étions comme pétrifiés par l'imminence du danger?

— Dieu lui-même m'a donné la force de te sauver : grâces lui soient rendues! Que serais-je devenu si je t'avais vu, toi, mon unique ami, déchiré par les ongles du lion!

— C'est un coup remarquable, interrompit le général; ce coup vous fait le plus grand honneur; ce n'est pas seulement votre ami, mais nous tous qui vous devons de la reconnaissance; car plus d'un de nous aurait été sacrifié à la fureur du fauve si vous n'aviez tiré au seul moment possible. Si jamais un chasseur mérite un éloge, c'est bien vous, mon cher Richard.

— Je ne suis pas seul à le mériter du moins, général, reprit Richard, qui avait un peu surmonté son émotion; j'ai commencé, mais vous avez bien fini. Sans votre heureuse intervention, j'aurais bien pu sentir les formidables griffes de notre adversaire.

— Non, non; je puis tout au plus revendiquer l'honneur de lui avoir ôté l'envie de se sauver. Nous allons le mesurer, Messieurs; je ne me souviens pas d'avoir jamais tué un si grand échantillon de sa race. »

C'était, en effet, un lion adulte, ayant huit à neuf ans, comme assurait un des Hottentots, chasseur émérite. Il mesurait douze pieds.

Conrad demanda qu'on dépouillât le lion et que sa peau fût offerte à Richard comme hom-

mage de sa victoire. Cette motion eut un succès
général. On admira encore la puissante structure
du fauve; le cou, la poitrine et les muscles semblaient un tissu de nerfs. Le crâne avait la grandeur de celui d'un bœuf; les épaules étaient
musculeuses, les os résistants comme du fer; en
un mot, tous les membres attestaient la force
prodigieuse de la bête.

On sait que le lion peut terrasser un cheval
d'un seul coup de sa puissante patte et l'emporter dans sa gueule.

Le général demanda ensuite à ses compagnons
s'ils avaient envie de continuer leur chasse et de
recommencer un combat émouvant avec les
fauves de l'Afrique.

Tous voulurent continuer; la scène qui venait
d'avoir lieu avait excité leur courage et aug-
menté leur ardeur.

Après une courte délibération avec le vieux
chasseur hottentot, le général fit prendre à la
petite troupe un autre chemin, ou plutôt une
autre direction, car on ne pouvait parler de
chemin dans cette contrée. On traversa d'immenses plaines avec quelques élévations, toutes
couvertes d'herbe tendre.

Là paissaient de nombreux troupeaux d'antilopes. C'était un aspect charmant que ces milliers d'animaux gracieux qui, en voyant les voya-

geurs, s'élançaient avec une légèreté incroyable dans toutes les directions.

Antoine aurait bien voulu en tuer un ; mais, d'une part, ils prenaient toujours la fuite quand on approchait d'eux ; de l'autre, le général ne voulut pas permettre qu'on perdît le temps à la chasse de ces bêtes inoffensives.

Plus loin on ne vit plus de ces troupeaux ; le pays devint désert et nu. Le soleil dardait ses rayons brûlants sur cette vaste contrée uniforme, peuplée seulement d'oiseaux de grande espèce, tels que : le vautour blanc, qui à l'approche des voyageurs s'élevait à une grande hauteur ; le secrétaire, qui se promenait gauchement en cherchant des serpents, son mets favori ; une sorte d'outarde ; ou bien encore les paons magnifiques, deux fois plus grands que le paon d'Europe, et qui sont un des oiseaux les plus délicats de l'Afrique australe. On voyait encore de nombreux lézards verts, bruns, tachetés, qui se chauffaient au soleil. C'étaient, avec quelques antilopes qu'on apercevait au loin, les seuls êtres vivants qu'on rencontrât.

Le silence de ces lieux était pourtant interrompu par le bourdonnement des abeilles sauvages et par le grésillement et les cris aigus des sauterelles.

« Il est étonnant que les sauterelles laissent

ici une si grande quantité d'herbe, dit Conrad ; j'ai toujours entendu dire qu'elles dévoraient tout sur leur passage.

— Ce sont, en effet, des insectes terribles pour le planteur ; elles sont plus dangereuses encore que les fauves, répondit le général ; mais elles ne sont nuisibles que quand elles sont réunies en un nombre incalculable. Ces véritables nuées ne s'abattent heureusement que tous les quinze à vingt ans ; mais alors malheur à la contrée où elles passent !

« Moi-même j'ai eu l'occasion d'apercevoir une de ces nuées, et je puis assurer qu'elles offrent un aspect formidable bien qu'intéressant. Elles nous viennent généralement du Nord, et doivent se reproduire dans les immenses déserts de l'Afrique. Quand elles ont dévoré là toute la nourriture qui s'y trouve, la faim les chasse dans les contrées fertiles, et, comme une avalanche affamée, elles tombent sur les riantes campagnes du Sud.

« C'est pendant un voyage à l'intérieur de l'Afrique que j'ai rencontré une de ces nuées ; de loin elle avait tout à fait l'aspect d'un énorme nuage, et de près elle obscurcissait l'air de ses masses épaisses ; le grésillement de ces milliards d'insectes ressemblait au bruit des grands moulins.

« Trop fatiguées pour continuer leur course, elles s'abattirent en grand nombre; cependant la nuée ne semblait pas amoindrie; elle s'étendait en largeur d'environ une demi-lieue et avait une longueur de trois lieues. On me dit pourtant que c'était une des plus petites.

« Malgré les appétits féroces de ces insectes, qui dévorent en peu d'heures des champs immenses, les planteurs appréhendent plus encore leurs larves, qu'ils appellent *voet-gaugers* (piétons).

« A l'approche des nuées, le paysan allume tout autour de ses champs des feux qu'il alimente de bois vert et de paille fraîche, ce qui produit une fumée épaisse qui empêche les insectes de s'approcher. On a au moins un préservatif.

« Les jeunes sauterelles qui ne savent pas encore voler ne se laissent point retenir par ce faible obstacle; seul un grand fleuve rapide peut interrompre leur course. Elles passent les eaux stagnantes; les premières masses y trouvent bien leur tombeau, mais leurs corps forment un pont pour les suivantes. Le fleuve Orange, dont les eaux ne roulent que lentement, a été plusieurs fois traversé par ces milliards de voet-gaugers. Ils éteignent le feu de la même manière; les premiers se jettent dans les flammes, qu'ils étouffent sous leur nombre; les autres passent sans danger.

« Le planteur qui a eu le malheur d'être visité par eux n'a d'autre ressource que de quitter un pays où les sauterelles n'ont pas laissé un brin d'herbe.

« Les nuées s'élèvent généralement après le lever du soleil, et elles s'abattent au coucher. C'est en vain que le planteur fait tout ce qu'il peut pour anéantir ses ennemis, qu'il jette du feu au milieu d'eux, qu'il envoie ses troupeaux pour les broyer sous leurs pieds ; rien n'y fait : les milliers qui restent sur le champ de bataille amoindrissent à peine la force de la nuée.

« Chaque nuée est suivie d'un nombre incroyable d'oiseaux qui s'alimentent de ces insectes. Les colons les appellent des *guêpiers* ; c'est une sorte de pie pas plus grande qu'une alouette. On ne les voit qu'à la suite des sauterelles ; ils bâtissent leurs nids au milieu d'elles.

« La volaille, les brebis, les chiens, les chevaux, les antilopes, en un mot, tous les animaux les dévorent aussi, et les Boschimen et les Hottentots sauvages les regardent comme un mets délicat ; non seulement ils les mangent crues, mais ils les font sécher.

« Enfin, si les sauterelles ne trouvent rien à manger, elles se dévorent entre elles.

« Mais en voilà assez sur ce sujet, mes amis ; faisons galoper un peu nos chevaux, je vois

là-bas une source où ils pourront s'abreuver;
les pauvres bêtes en ont grand besoin. Nous n'aurons ensuite plus qu'une heure de marche avant
de gagner les montagnes, où je suis certain de
trouver un riche butin. »

Le conseil de se hâter fut suivi avec plaisir,
car tous se sentaient une soif violente. Après une
courte halte sous quelques palmiers près de la
source, on remonta à cheval, et on se dirigea
vers les montagnes, dont les pentes et les sommets ne montraient que peu d'arbres, mais où
croissait une herbe abondante. Les ravins et les
vallées étaient riches en eau.

« Attention maintenant, dit le général en
prenant sa carabine, nous n'avons qu'à avancer
à tout hasard; je vous promets bientôt assez de
gibier pour nous tenir en haleine. Arrière les
chiens! nous n'en n'avons pas besoin ici, ils feraient fuir les animaux. Ah! voilà déjà un troupeau de gazelles. Cette fois, vous allez montrer
votre savoir, Antoine.

— Ho! yoho! » s'écria Antoine.

Se laissant aller à l'ardeur de la chasse, il
excita son cheval et s'élança au galop à la poursuite de ces gracieux animaux. Les autres sui-
virent son exemple; les coups de carabines partirent et réveillèrent l'écho de la montagne, se
mêlant aux joyeuses exclamations et aux cris

de triomphe. Les animaux, surpris, prirent la fuite dans toutes les directions.

En peu de minutes les chasseurs eurent abattu trois gazelles; l'une avait été tuée par le général, l'autre par Richard et la troisième par Antoine. Conrad seul n'apportait point de butin, et son ami l'en taquinait de son mieux.

« Je n'ai même pas tiré, répondit Conrad, car je n'ai pu me refuser le plaisir de contempler le tableau qu'offrait votre chasse; c'était trop beau de vous voir au milieu de ces gracieuses gazelles épouvantées. »

On eut la générosité d'accepter cette excuse, à la condition toutefois que Conrad montrerait son habileté sur un autre gibier. On en rencontrait presque à chaque pas, et Conrad n'avait pas à attendre longtemps pour se réhabiliter dans l'opinion de ses amis.

Mais Antoine, qui s'était vite habitué au maniement de sa bonne carabine, surpassa les autres en adresse. Plus d'une fois, en voyant le jeune chasseur atteindre son but à une grande distance, le général jeta un cri d'admiration.

« En vérité, s'écria-t-il après un coup merveilleux, si vous n'aviez pas pris d'engagement envers M. Eberard, je ne vous laisserais plus repartir. Dans ce pays nous savons estimer un chasseur comme vous, Antoine. Vous êtes encore un peu trop ardent, mais cela passera avec le temps. »

Antoine recevait ces éloges mérités avec un sourire de satisfaction.

En peu d'heures nos amis avaient tué une grande quantité de gibier : des onagres, des zèbres, des antilopes, des cerfs, des gazelles, des babouins, des grues, des oribis, des outardes et d'autres animaux; de sorte qu'ils étaient fort embarrassés pour emporter leur riche butin. Le général tranquillisa toutefois Richard, qui était inquiet de voir tant de gibier se perdre; il donna ordre à un esclave d'aller chercher un chariot. En attendant on mit le gibier en grands tas, afin de pouvoir facilement le retrouver.

En outre, le général proposa de faire empailler les différentes sortes d'animaux que Richard voulait emporter, et de les lui faire préparer pour son retour en Europe. Le jeune Eberard accepta avec empressement cette offre aimable. L'esclave partit, tandis que la petite troupe continua sa course.

La chasse ne leur offrit pas seulement de l'intérêt; la contrée était aussi fort belle à voir. Dans les montagnes se montraient de petits bosquets dans les branches desquels sautillaient une foule d'oiseaux; près des ruisseaux, dans les vallées profondes, on découvrait des nids de l'oiseau tisserand.

Ces nids, artistement construits, sont par leur position à l'abri des ennemis, surtout des serpents. Il semble presque impossible qu'un animal puisse entrer dans ces nids, qui se balancent au bout des branches les plus flexibles d'un buisson et pendent au-dessus de la rivière ou d'un abîme. Un corridor de la longueur d'environ un pied conduit à l'intérieur du nid, qui est de forme cylindrique. Le tout est d'un travail merveilleux.

Les voyageurs admirèrent l'instinct de ce petit architecte. Richard ne put résister à l'envie d'emporter plusieurs de ces nids.

D'autres oiseaux aux vives couleurs se montraient aussi : des sucriers voletaient de fleur en fleur, cherchant avec leurs longues langues les insectes à l'intérieur des calices; des aigles et des faucons se balançaient dans l'air; le fier toucourou et le brillant coucou doré poursuivaient les papillons, dont les ailes semblaient parsemées d'or et de diamants.

Des fleurs superbes couvraient le sol, surtout dans les environs des sources et des ruisseaux. Les sommets plats des montagnes étaient parsemés de liliacées d'un bleu foncé ou d'un rouge écarlate. Des bruyères de toutes sortes ornaient

la terre comme un tapis de velours sur lequel
étaient semées des petites clochettes rouges,
bleues, oranges; le figuier africain étendait ses
branches sur des milliers d'hectares. Le vert des
feuilles disparaissait sous les magnifiques fleurs,
qui embaumaient l'air de leurs parfums exquis.

On rencontra aussi l'arbre à pain des Hottentots. Le général le fit remarquer à nos amis, en
leur disant que les naturels du pays broient le
fruit et en font une pâte, qui, cuite sous la
cendre, n'a point de mauvais goût et nourrit
beaucoup. L'arbre était en floraison; la fleur
ressemblait à une énorme pomme de pin en-
tourée de nombreuses feuilles.

En un mot, partout où l'œil s'arrêtait, il ad-
mirait la végétation australe, et Conrad, ravi,
cita les paroles du roi-prophète quand il dit :

« Chantez les louanges du Seigneur, célébrez
sa gloire sur la harpe.

« Il couvre le ciel de nuages et prépare les
pluies à la terre.

« Il fait croître sur les montagnes les herbes
et les plantes pour le service de l'homme.

« Il donne sa nourriture aux bêtes de somme
et aux petits oiseaux qui la lui demandent.

« Il ne favorisera point celui qui met sa confiance dans la force de son coursier ou dans la
vitesse de ses pieds;

« Mais il mettra ses complaisances en ceux qui le craignent et en ceux qui espèrent en sa miséricorde[1]. »

Tout en admirant la nature, nos amis avaient un peu oublié la chasse, lorsque tout d'un coup les chiens donnèrent violemment de la voix.

On se trouvait sur la lisière d'une forêt; Conrad et Richard y étaient déjà entrés, lorsque l'appel du général les fit rétrograder.

« Qu'y a-t-il, Cloof? demanda le général au vieil Hottentot : sont-ce des lions?

— Pas lion, pas léopard, pas fauve, répondit le vieillard; pis que cela, ce sont des buffles.

— Des buffles! s'écria le général, et sa figure prit une légère expression d'inquiétude; des buffles! Hum! je pense que le mieux serait de revenir au camp.

— Pourquoi donc, général? » demandaient Conrad et Richard en même temps, tandis qu'Antoine disait :

« Devons-nous donc craindre un buffle plus qu'un lion?

— Certainement, répondit vivement le général; car le buffle n'est pas seulement un animal fort et hardi, qui souvent dans un combat l'emporte sur le lion, mais de plus il est sauvage,

[1] Psaume CLVI.

faux et vindicatif. Il faut encore ajouter qu'on
ne peut que très difficilement le tuer. Son crâne
est couvert des racines de ses cornes comme d'un
casque impénétrable, et sa peau est si épaisse,
qu'une balle de fer n'y entre que difficilement.

« On n'est jamais en sûreté avec ces bêtes
perfides; elles attaquent l'homme avec une ruse
incroyable. Si le buffle aperçoit quelqu'un qui
ne se doute pas encore de sa présence, il se cache
dans le fourré, attendant patiemment que le
voyageur approche. Tout à coup il avance avec
une impétuosité furieuse, et s'il atteint son
adversaire, il le transperce de ses cornes, le
jette en l'air, le foule aux pieds.

« Ce n'est pas assez de l'avoir tué; il s'éloigne,
mais pour revenir l'instant d'après labourer et
piétiner le corps de sa victime. Il ne l'aban-
donne que quand il l'a rendue comme une masse
méconnaissable.

« Voilà ce que c'est que le buffle africain :
vous voyez qu'il faut y réfléchir à deux fois
avant de lui chercher querelle.

— Raison de plus pour l'attaquer! s'écria
Antoine. C'est un abominable animal, et je ne
me consolerais de ma vie de ne pas en avoir tué
un quand je l'aurais pu. Ce portrait m'a rempli
d'indignation contre lui.

— Je suis aussi de cet avis, dit Richard, dont

les yeux lançaient des éclairs. Ce me sera une
satisfaction que de purger la terre d'un ou deux
de ces monstres dangereux. Il me semblerait
avoir ainsi sauvé la vie d'un voyageur inoffensif
traversant ce désert.

— Et puis, ajouta Conrad, après avoir si vail-
lamment tué le lion, il faut bien nous mesurer
avec un buffle. Avançons hardiment, général ; à
tout événement nous avons nos chevaux pour
nous sauver. »

Le général n'était pas encore décidé; il hocha
la tête en disant :

« Celui qui cherche le danger y périra. Je ne
puis que louer votre courage, mes amis; toutefois, je l'avoue, j'aimerais mieux ne pas lui voir
subir l'épreuve du buffle, d'autant plus que nous
avons ici affaire à tout un troupeau : c'est par
trop dangereux. »

Cette opposition ne faisait qu'augmenter l'ardeur de nos amis; le général, bien qu'à regret,
dut céder à leur désir.

« Soit, dit-il; puisque vous êtes tous de cet
avis, attaquons. Mais je vous prie d'être bien
prudents et de ne pas vous laisser emporter par
une trop grande ardeur. Restez tous près de moi;
obéissez... de point en point. — Entendez-vous,
Antoine? car c'est pour vous que je crains le
plus; votre sang bouillant vous entraînera faci-

loment trop loin, et il serait pourtant dommage
qu'un si habile tireur fût tué par un buffle. Pro-
mettez-moi donc d'obéir.

— Je le ferai, monsieur le général; mais j'espère que vous ne me demanderez pas de prendre
la fuite devant ces abominables animaux.

— Point de si ni de mais, riposta Richard;
j'entends que vous obéissiez à tout ce que le général trouvera bon d'ordonner.

— Je le ferai, Monsieur, répondit le trop hardi
chasseur.

— En cas d'attaque, dit alors le général,
qu'aucun de nous ne vise au front du buffle, la
balle ne pourrait l'entamer; il faut viser aux
yeux, au poitrail ou encore aux flancs... Les
balles ne pénètrent dans aucun autre endroit.
Souvenez-vous-en, Antoine.

— Fort bien, monsieur le général. »

Celui-ci donna ensuite les ordres nécessaires;
deux de ses domestiques durent mettre pied à
terre et entrer sous le couvert avec les chiens.
Cette précaution avait pour but de se garer d'une
attaque imprévue, car les chiens ne manqueraient pas d'avertir s'il y avait un buffle caché.

Les autres chasseurs restèrent à cheval : le
général, Conrad et Richard en avant, Antoine
et les domestiques indigènes en arrière. Augustin, qui n'était pas encore trop bien remis de

son aventure avec le lion, était resté près des chariots.

Le chemin que nos amis prirent, sans doute formé par les éléphants, avait environ six pieds de large et était fermé en haut comme une tonnelle. Le général le fit remarquer à son entourage.

« Quand les éléphants, — et il y en a encore beaucoup dans cette partie de l'Afrique, — veulent se frayer un chemin, dit le général, le premier, qui est le plus fort et le plus grand de la troupe, foule aux pieds ou brise les branches les plus épaisses qui s'opposent à son passage; les autres branches plient et cèdent sous son corps pesant, mais pour se relever plus tard et former ensuite ce dôme de verdure sous lequel nous sommes. Les éléphants passent l'un après l'autre, et quand toute la troupe a passé, le chemin est aussi battu, sinon aussi uni que les meilleures chaussées.

« C'est un véritable bonheur que ces animaux aient l'instinct de frayer des chemins; sans eux les forêts seraient impénétrables; des arbustes épineux, des branches entrelacées et des milliers de plantes grimpantes forment une digue impossible à traverser. Vous n'avez qu'à regarder de chaque côté pour vous convaincre de la justesse de mes observations. »

7*

Après une marche d'une demi-heure, les chasseurs arrivèrent à une place où les arbres étaient moins nombreux. Tout à coup le vieux Cloof, qui avec son compagnon et les chiens précédait les cavaliers d'une centaine de pas, leva son bras en l'air pour faire signe qu'il venait d'apercevoir les buffles, dont depuis longtemps les chiens avaient annoncé la présence.

Tout le monde s'approcha : non loin, un troupeau de trente à quarante de ces animaux sauvages paissait tranquillement dans une vallée marécageuse, où s'élevaient çà et là quelques groupes isolés d'arbres.

« Cela va bien, dit le général après avoir inspecté tous les alentours; il nous sera facile, si nous sommes prudents, de faire une bonne chasse. Nous remettrons nos montures à la garde d'un domestique, puis nous avancerons doucement sous le couvert des bois, qui nous cacheront. Vous voyez que le terrain sur lequel les buffles broutent devient par delà encore plus marécageux. Je connais ce terrain, j'y ai chassé souvent; il est assez fort pour supporter le poids d'un homme, mais non celui d'un buffle. Tâchons donc d'atteindre le marais; une fois là, chacun choisira sa victime, et nous tirerons tous en même temps. Il est probable que ces bêtes,

abasourdies par cette brusque attaque, se sau-
veront dans la forêt, à droite; mais si, contre
toute attente, elles s'avancent vers nous, nous
n'aurons qu'à reculer davantage vers le marais,
où nous serons tout à fait en sûreté. Est-ce
ton avis, mon vieux Cloof?

— Très bon plan, répondit le Hottentot. Tout
en sûreté, hors les buffles : les chevaux dans le
bois, les chiens avec nous; chacun seul jusqu'à
ce qu'il ait trouvé place, puis piff! pouff! paff!
les buffles se sauver, nous rire et avoir bon
rôti. Parfait. »

Chacun visita encore une fois son fusil; puis
tous, précédés de Cloof, avancèrent en rampant
sur la lisière du bois, jusqu'à ce qu'ils eussent
atteint le marais. Là les postes furent distri-
bués par le général, qui se plaça lui-même au
milieu. Conrad et Richard étaient de chaque
côté, à une vingtaine de pas de lui, les autres
de même; Antoine était le plus éloigné, car il
s'était posté près du lieu où paissait le chef du
troupeau. Celui-ci, le front couvert de crins
épais, lançait des regards farouches; ses cornes
préservaient presque entièrement sa tête, ne
laissant libre qu'un petit espace de forme trian-
gulaire.

« Je vais viser là, se dit Antoine après avoir
longtemps regardé le buffle, qui tournait la tête

de son côté. Je ne puis atteindre le poitrail, ni les flancs, ni les yeux, à cause de la position de l'animal. Ce triangle laissera bien pénétrer une balle de fer. »

Il s'agenouilla, visa et attendit le commandement pour tirer; mais l'étonnement lui fit baisser son fusil. Tout le troupeau commença à courir en désordre, ébranlant l'air de ses mugissements et frappant la terre.

Dans ce désordre, le général cria :

« Que personne ne tire! Nous allons être témoins d'un spectacle unique. »

Nul n'aurait pensé à tirer : on venait de voir un lion magnifique sortir de la forêt et s'avancer vers les buffles, rendus furieux par cette vue. Il ne jeta pas un regard sur les chasseurs; il était probable qu'il ne les avait pas aperçus, car toute son attention était concentrée sur les taureaux sauvages, qu'il examinait, comme pour choisir sa victime.

Seul le buffle qu'Antoine se préparait à tuer semblait ne pas s'inquiéter de la présence du lion; il continua tranquillement à paître.

Tout à coup il se redressa et fondit sur son ennemi. Celui-ci s'arrêta; mais, aussitôt que le buffle furieux fut arrivé près de lui, il fit un bond de côté, puis sauta sur son adversaire. Avec une de ses pattes il se cramponna à son épaule, et lui fit de l'autre une blessure profonde au museau.

L'animal blessé poussa un mugissement de douleur, et fit des efforts extraordinaires pour se débarrasser de son vainqueur.

Une minute terrible se passa avant qu'il y réussît. Le lion, ne pouvant plus se soutenir, tomba, et aussitôt le buffle mit le pied dessus et lui enfonça ses longues cornes dans le ventre.

A son tour le lion rugit de douleur. Inondé de son sang, il se releva dès que le buffle eut retiré ses cornes; mais celui-ci lui donna un second coup. Le lion jeta encore un cri, un tremblement nerveux parcourut son corps, puis il s'abattit.

Mais la mort de son ennemi n'avait pas épuisé la fureur du taureau; ses yeux injectés de sang lançaient des éclairs de rage; il foula aux pieds le lion, le perça de plus de vingt coups, le broya et le piétina jusqu'à ce qu'il n'en restât plus qu'une masse informe. Voyant alors son ennemi anéanti, il poussa un mugissement de triomphe et revint paître à sa place.

Jusqu'à ce moment les chasseurs n'avaient pas bougé; ils étaient absorbés par la vue du spectacle de ce combat sanglant. L'effroyable fureur du buffle avait encore grandi leur désir de tuer un de ces animaux vindicatifs. On attendait avec impatience le signal du général.

Ce signal fut bientôt donné. Sept coups de fusil partirent à la fois, cinq buffles tombèrent morts, et deux furent si dangereusement blessés, qu'ils purent à peine se traîner. Une terreur panique s'empara du troupeau, et, sans regarder du côté d'où partaient les coups, ils prirent la fuite; seul le buffle qui venait de combattre le lion se tourna vers les chasseurs comme pour s'élancer sur eux.

C'était ce qu'Antoine attendait; il n'avait pas encore tiré, voulant être sûr de son coup. Au moment où le buffle prenait son élan, il visa et frappa l'animal juste à l'endroit qu'il avait remarqué à la tête.

L'énorme bête chancela, puis tomba à genoux et sembla près d'expirer. Antoine ne douta pas un instant qu'il ne fût dangereusement blessé; il quitta les arbres sous lesquels il s'était caché et avança vers le buffle, tout en chargeant de nouveau son fusil. Les cris de terreur de ses compagnons lui firent lever la tête; une frayeur mortelle s'empara de lui.

Le buffle, revenu de son étourdissement, s'était relevé, et, aveuglé par la rage, il marchait vers l'imprudent chasseur. Antoine jeta sa lourde carabine et courut vers le marais qu'il avait quitté si témérairement. Il était trop tard, le taureau le suivait de près. Le chasseur sen-

tait déjà sur son cou l'haleine de l'énorme bête.
Enfin il réussit à gagner un arbre et y grimpa;
mais toute sa vitesse et sa présence d'esprit ne
purent que le préserver de la mort.

Le buffle était trop près de lui, ses cornes atteignirent le pied du malheureux, qui fut percé
de part en part. A peine Antoine eut-il la force
de se hisser un peu plus haut pour se garer d'un
second coup.

Le buffle, voyant sa proie lui échapper, poussa
un sourd grondement, puis il se mit à livrer à
l'arbre des attaques furieuses. Il le heurtait violemment du front, et de ses cornes labourait le
tronc, faisant sauter l'écorce en éclats, déchi-
quetant l'arbre, qui ne pouvait longtemps résister
à un pareil assaut.

Antoine trembla que l'arbre ne s'abattît, et que
lui-même n'allât rouler sur le sol à la discrétion
du vindicatif et redoutable animal. Mais le secours n'était pas loin.

Ses amis, qui avaient observé avec effroi toute
cette scène, accoururent; le général et Cloof
tirèrent en même temps; le buffle, frappé à l'œil
et dans le poitrail, s'abattit lourdement.

Au même moment Antoine perdit connaissance et tomba évanoui au pied de l'arbre. Ses
compagnons le crurent mort, et déjà les Hottentots commençaient à se lamenter. Toutefois Con-

rad réussit à faire revenir à lui le blessé, qui se plaignit de vives douleurs à la jambe; il la croyait entièrement broyée. Conrad examina la plaie :

« Vous pouvez remercier Dieu, dit-il, d'en être quitte à si bon marché. L'os n'est point brisé. Vous souffrirez beaucoup; mais je vous promets de vous guérir d'ici à quinze jours. »

Tout le monde poussa un soupir de satisfaction.

« Dieu merci! s'écria Antoine, je supporterai avec patience les douleurs que mon imprudence m'a attirées ; mais je suis bien malheureux de ne pouvoir accompagner M. Eberard à Ceylan.

— Ne vous inquiétez pas de cela, Antoine, dit le général, je me charge de vous, si vous voulez me promettre d'être plus prudent à l'avenir. Le courage est une bonne qualité; mais il ne doit pas dégénérer en témérité. Si vous ne pouvez faire le voyage de Ceylan, je trouverai moyen de vous rendre ici la vie aussi agréable qu'elle puisse l'être pour un chasseur.

— Non pas, riposta Richard, qui avait aidé Conrad à bander la plaie du blessé ; je ne suis pas capable de délaisser ainsi mes amis. Il nous faut envoyer un messager au capitaine Bulwer pour qu'il ne nous attende pas. Quand notre blessé sera rétabli, nous trouverons bien un vaisseau qui nous conduira à Ceylan.

— C'est bien, cela, mon cher Richard, dit le général en secouant la main au jeune homme. C'est d'un noble cœur que de ne pas délaisser ses serviteurs. Antoine saura certainement se montrer reconnaissant de votre bonté.

— Moi aussi, je suis content que Richard ait pris cette décision, dit Conrad en se levant. L'état d'Antoine nécessite les soins d'un médecin, et, puisqu'il n'y en a pas d'autre que votre serviteur, j'aurais été obligé de te laisser partir seul, mon cher Richard; j'en aurais été bien fâché, mais ma conscience m'aurait retenu ici. Tout ce que je demande pendant notre séjour prolongé en Afrique, c'est de ne plus nous mesurer avec des buffles.

— Nous les laisserons tranquilles, répondit le général en souriant, et, s'ils nous attaquent, nous serons, je pense, un peu plus prudents qu'Antoine ne l'a été. Cloof, continua-t-il en s'adressant au vieux chasseur, aie soin qu'on fasse vite un brancard pour transporter ce pauvre garçon.

— Chariot meilleur que brancard, répondit Cloof; il va arriver bientôt.

— Mille éclairs! je l'avais oublié. Attendons-le donc ici, et, pendant ce temps, dépouillons de leur peau les buffles morts. Cloof fera ensuite du feu et nous préparera un bon rôti avec le filet de ce furieux gredin qui a manqué de tuer Antoine.

« Mais vous n'avez encore rien dit du combat du lion et du buffle? N'était-ce pas un spectacle magnifique?

— Je l'ai trouvé plus terrible que magnifique, répondit Richard. J'avais pitié du noble animal qui, après sa mort, a été si misérablement broyé par son adversaire. En tout cas, il est heureux que les bêtes sauvages se détruisent entre elles; autrement il serait à craindre qu'elles ne peuplassent par trop ces contrées.

— Vous avez raison, répondit le général. La sagesse infinie du Créateur est visible jusque dans les moindres choses; il a soin de réaliser la promesse qu'il a faite à l'homme : « La terre « te sera soumise; tu régneras sur les poissons « de la mer, sur les oiseaux du ciel et sur tous « les animaux de la terre. »

Le chariot attendu arriva bientôt, et Antoine y fut couché. Tout le monde fit un bon repas des filets du buffle, et, après avoir mis le butin de la journée sur le chariot, la petite caravane revint vers le campement, qu'on atteignit avant la nuit.

Le même soir, un des Hottentots reçut l'ordre de se rendre à la ville du Cap pour avertir le capitaine Bulwer que ses passagers ne pouvaient se rendre à bord.

La nuit se passa sans incident; les bêtes sau-

vages n'osèrent s'approcher, car les feux furent
bien entretenus. Le lendemain, tout le monde se
réveilla avec un nouveau courage et de nouvelles
forces. Seul le pauvre Antoine souffrait. Il avait
passé une mauvaise nuit ; sa blessure lui faisait
beaucoup de mal, et de plus il avait une forte
fièvre.

Conrad le trouva dans un état assez inquiétant,
et déclara ne pas vouloir le quitter avant qu'il
allât mieux. Le général émit alors l'avis que tout
le monde se reposât ce jour-là, afin d'entreprendre avec plus d'ardeur une autre chasse le
lendemain. Tous se rangèrent volontiers à son
avis.

XI

ÉLÉPHANTS

« Le temps est frais, » dit le général en sortant le lendemain de son chariot. Il était déjà parfaitement armé et prêt à monter à cheval.

« A-t-il plu pendant la nuit ?

— L'eau est tombée à torrents, répondit un des domestiques ; je croyais que les voitures et nous tous serions emportés.

— Mauvais en forêt, remarqua Cloof. Les serpents vont s'éveiller.

— Bah ! ils ne nous mordront pas si nous les laissons tranquilles, répondit le général gaiement. Allons, allons, Messieurs, levez-vous, il est temps de partir.

— Nous voici, répondirent les deux amis en sortant d'une tente ; nous venons de dire adieu au pauvre Antoine. »

— En avant donc! à cheval! à cheval! mille
éclairs ! Aujourd'hui il nous faut chevaucher avec
le soleil si nous voulons faire une belle chasse. »

Peu de minutes après, toute la petite société
se dirigea vers les forêts situées au nord-ouest.
Comme on était convenu de ne point attaquer ce
jour-là ni lion ni buffle, le général avait laissé
la plupart de ses gens auprès du campement.
Cloof et cinq autres Hottentots accompagnaient
seuls les chasseurs.

La pluie tombée pendant la nuit avait rafraîchi
la terre; les feuilles en étaient encore couvertes.
Il était neuf heures quand nos amis arrivèrent
sur les bords d'un fleuve dont les eaux grossies
rendaient impraticable tout passage à gué. On
suivit donc les rives.

Peu à peu la forêt commença à s'éclaircir, et
la petite troupe arriva près de grands pacages où
s'ébattaient de nombreux troupeaux de gazelles,
d'onagres et d'antilopes. Tous ces animaux s'enfuyaient à l'approche des chasseurs, et ceux-ci ne
purent tirer.

Tout à coup le vieux Cloof arrêta son cheval en
s'écriant : « Halte !

— Qu'y a-t-il? demanda le général, qui avec
Conrad était à une certaine distance en avant.

— Éléphants par ici, répondit le vieil Hottentot; beaucoup de traces. Attention nécessaire.

— Mille éclairs ! je suis de ton avis, » s'écria le général en revenant au plus vite près de l'esclave.

Tous les chasseurs regardèrent avec attention les traces des éléphants, qui avaient dû passer depuis peu. Leurs pieds avaient laissé de profondes empreintes sur la terre mouillée. A quelques places plus humides on pouvait même comprendre que quelques-uns de ces animaux gigantesques s'étaient roulés dans la fange.

« Voyez là-bas ! » dit Cloof à son maître. Celui-ci suivit des yeux la direction indiquée par le Hottentot.

« Je ne vois rien, répondit-il ; que faire ? Il n'est pas prudent d'avancer sans savoir la direction que ces animaux ont prise ; et ces traces, se croisant toujours, ne nous renseignent point.

— Ils sont là, répéta Cloof en faisant de la main un nouveau signe. Cloof est un vieux chasseur, il connaît bien les mœurs des éléphants. Maître ne pas voir fourré ? ils sont passés par là. »

On remarqua, en effet, dans un fourré d'arbustes et de plantes grimpantes plusieurs places où les éléphants seuls avaient pu se frayer un chemin.

« Tu as raison, mon vieux Cloof. Qu'allons-nous faire maintenant, Messieurs ? Nous ne sommes que dix, et ce serait folie d'attaquer un troupeau d'éléphants.

— Je serais cependant bien curieux de voir ces géants de la forêt en liberté, » dit Richard.

Le général hésita; il craignait un accident. Cependant il ne demandait pas mieux que de se rendre au désir très naturel de son jeune hôte.

« Soit, dit-il enfin, si vous voulez me donner la promesse formelle de suivre aveuglément tous mes avis et de ne pas faire feu sur les éléphants. »

Richard et Conrad promirent une obéissance aveugle. Les chasseurs se dirigèrent alors au trot de leurs chevaux vers l'endroit désigné par Cloof. Les éléphants avaient frayé un chemin à travers un fourré impénétrable. Après une dizaine de minutes pendant lesquelles on n'avait fait aucune rencontre, on arriva à une grande prairie sur laquelle s'élevaient çà et là des groupes de mimosas. Ici les chasseurs eurent de nouvelles preuves de la force des éléphants : un grand nombre d'arbres avaient été arrachés de la terre. Richard ne pouvait revenir de son étonnement en voyant leurs racines en l'air.

« Racines très bon pour eux, expliqua le vieux Cloof, et pour pouvoir mieux manger ils renversent l'arbre. »

Quelques arbres d'une dimension assez grande

portaient les traces des défenses des éléphants;
on comprenait que l'animal s'en était d'abord
servi comme d'un levier; d'autres arbres avaient
résisté à leurs efforts, sans doute parce que la
pluie n'avait pas encore pénétré à la profondeur de leurs racines.

Après avoir admiré ces preuves de la force de
ces animaux, nos amis continuèrent leur chemin.
Ils durent de nouveau traverser des fourrés où
les passages étaient tracés comme le précédent.

Bientôt ils arrivèrent dans une contrée ouverte
et arrêtèrent leurs chevaux en apercevant, à une
faible distance, un grand troupeau d'éléphants
placés en groupes de quatre ou cinq individus.
Chaque groupe paraissait former une famille; on
y reconnaissait facilement le mâle à ses formes
encore plus gigantesques que celles des autres,
puis la femelle, et deux ou trois jeunes éléphants
de différente grandeur.

Le calme et la fière tranquillité de ces animaux
étaient remarquables. Bien que les chasseurs
fussent au nombre de dix, aucun des éléphants
ne semblait faire attention à eux. Les vieux con-
tinuaient à brouter tranquillement, et les jeunes
prirent leurs ébats comme auparavant; la conscience de leur force semblait leur donner un
sentiment de sécurité complète.

Peut-être fut-ce ce calme qui diminua aussi

8

la crainte de nos amis. Richard pria le général
de leur permettre une attaque sur un groupe
d'éléphants assez éloigné des autres. Cloof excita
encore l'ardeur du jeune homme en lui faisant
une description émouvante des péripéties de la
chasse à l'éléphant.

A la fin, Conrad lui-même saisit son fusil et
demanda le combat. Seul le général garda son
sang-froid.

« Non, non, dit-il ; remettez votre carabine
sur votre épaule, mon ami, car je ne consentirai
pas à ce qu'on tire un seul coup ; ce serait aussi
insensé qu'inutile d'attaquer les éléphants. Regardez derrière vous : le chemin est mauvais,
étroit, inégal, et des deux côtés de la vallée les
rochers s'élèvent perpendiculairement ; une fuite
est donc impossible, et au premier coup de fusil
nous aurions tout le troupeau à nos trousses.
Ce troupeau compte au moins quarante individus ; nous serions vite atteints et broyés. Vous
savez que je ne suis pas un lâche ; mais se jeter
volontairement dans un danger pareil, cela s'ap-
pelle de la témérité, non du courage ; c'est
vouloir se perdre. »

Conrad remit sa carabine sur l'épaule, et Richard dit :

« Vous avez raison, général, et maintenant
que ma folle ardeur s'est un peu amortie, il me

semble qu'il serait mal de tuer ces fiers animaux, trop paisibles pour attaquer eux-mêmes, trop forts pour craindre personne.

— Bien parlé, mon cher Richard, dit le général; du reste ne soyez pas fâché de n'avoir pu satisfaire votre désir, nous trouverons certainement, un jour ou l'autre, un ou deux éléphants isolés, auxquels nous ferons alors la chasse. Et maintenant en avant! »

Après une course d'une demi-heure, nos amis arrivèrent dans une autre vallée, également arrosée par une rivière, et où paissait un troupeau d'antilopes, parmi lesquelles le général remarqua plusieurs gnous.

« Silence! dit-il vivement à ses compagnons; voilà ce qui vous dédommagera de votre chasse aux éléphants, Messieurs. Remarquez que cette vallée n'a point d'autre issue que l'étroit ravin à travers lequel coule le ruisseau. A droite et à gauche les montagnes sont trop escarpées pour permettre de fuir, même à ces animaux si légers. Avec un peu de précaution, pas une de ces antilopes ne nous échappera. Dès que nous aurons occupé cette sortie que l'on voit là-bas, elles seront prises comme dans une souricière.

— En effet, remarqua Conrad; mais comment atteindre la sortie sans que les antilopes s'en doutent?

— Nous allons charger notre vieux Cloof de cette opération. Tu l'entends, mon garçon?

— Bien, maître, » répondit le vieux Hottentot, et, faisant signe à deux de ses camarades de le suivre, il descendit de cheval et se coucha par terre.

« Que vont-ils faire? demanda Conrad surpris; pourquoi ne pas rester à cheval?

— Parce qu'ils ne manqueraient pas d'être aperçus par les antilopes, qui alors prendraient immédiatement la fuite par le ravin. Mais laissez notre brave Cloof agir à sa guise; il fera le tour des animaux en rampant dans l'herbe, qui est assez haute pour le cacher lui et ses compagnons. Une fois arrivé de l'autre côté, il nous fera signe. Jusque-là nous n'avons qu'à surveiller; puis nous avancerons au milieu du troupeau. Vous verrez quel beau spectacle ce sera quand les animaux, pris d'une terreur panique, s'enfuiront de toutes parts.

— Mais, en trouvant de l'autre côté l'issue fermée, n'essaieront-ils pas de passer par ici?

— Sans doute; aussi nous y laisserons deux esclaves pour renvoyer dans la vallée toutes les antilopes venant par ici. Augustin et nous trois formerons la partie attaquante, et vous verrez que nous ferons du butin.

— J'aurais presque envie d'aller avec Cloof,

dit Conrad; le ravin est un peu élevé, on doit
avoir une vue étendue sur toute la vallée. L'aspect de ces animaux fuyant épouvantés sera
superbe. J'aimerais mieux voir cette chasse que
d'y prendre une part active. Je tuerai quand
même une ou deux bêtes.

— Comme vous voudrez, mon ami; il est certain que vous jouirez d'un beau spectacle. Toutefois il vous faut descendre de cheval et imiter
Cloof. — Dirk, tu vas rester ici avec tes autres
camarades; de cette façon il y aura trois hommes
de garde à chaque issue. »

Conrad se jeta à terre à côté du vieux chasseur.

« Restez bien près de moi, dit Cloof; nul besoin de nous hâter, le chemin n'est pas long.
Regardez d'abord votre fusil : arme au repos. »

Rampant ainsi, les chasseurs atteignirent le
ravin sans être aperçus des antilopes, qui brou-
taient toujours. Comme le général l'avait dit, le
passage était facile à garder; les trois carabines
suffisaient pour défendre la sortie.

Les deux Hottentots se placèrent de chaque
côté du ravin, et Conrad un peu en avant, sur
une petite éminence formée par un rocher, et
d'où il dominait toute la vallée. A une cinquantaine de pas plus loin on voyait une antilope;
Conrad la visa et fit feu; c'était le signal convenu : l'animal tomba.

Au bruit de la détonation toutes les antilopes levèrent la tête, prirent la fuite en désordre et se jetèrent vers l'issue opposée. Seuls les gnous ne se laissèrent pas intimider si facilement. Ils s'arrêtèrent à une distance de près de deux cents pas de Conrad, de sorte que celui-ci put facilement voir leur corps, ressemblant à celui d'un petit cheval, et leur tête, pareille à celle d'un bœuf. Ils se battaient les flancs de leur longue queue et jetaient des regards farouches sur Conrad et sur les deux Hottentots. Le docteur rechargea son arme et observa ensuite les antilopes.

Jusqu'alors les chasseurs s'étaient tenus cachés; mais quand les animaux fuyants arrivèrent tout près d'eux, ils s'élancèrent en avant et firent feu. Une panique épouvantable s'empara des antilopes. Elles se dirigèrent avec la rapidité de l'éclair vers l'issue gardée par Conrad et y furent reçues par trois coups de fusil. Retournant aussitôt de nouveau, elles se précipitèrent de toutes parts comme affolées.

Le spectacle qui s'offrit à Conrad était des plus attrayants pour un chasseur. Une partie des antilopes essayait en vain de gravir les rochers escarpés; une autre se jetait dans la rivière pour fuir; mais la plupart couraient çà et là, passant quelquefois si près des chasseurs, que ceux-ci au-

raient pu les saisir par les cornes. Pendant ce
temps, un des Hottentots avait mené le cheval
de Conrad, et le docteur voulait justement rejoindre ses amis, lorsqu'un cri de Cloof lui fit
tourner la tête.

Le vieux Hottentot montrait un petit bosquet
de l'autre côté de la vallée et s'écriait :

« Voyez là-bas ! »

Conrad s'avança et vit la tête d'un éléphant
colossal sortir du fourré. Toutefois l'énorme
bête ne semblait pas vouloir faire de mal aux
chasseurs ; ses petits yeux étaient plutôt fixés
avec curiosité sur la scène qui se passait dans la
vallée.

Le premier mouvement de Conrad fut de
prendre sa carabine et de viser l'éléphant.

« Ne tirez pas ! pour l'amour de Dieu ne tirez
pas ! s'écria Cloof ; il faut fuir. »

Comprenant que ce serait témérité d'attaquer
l'éléphant, Conrad se hâta de suivre le conseil
du Hottentot. Mais les pas du cheval firent sortir
l'éléphant de son immobilité. Il poussa un cri,
dressa ses grandes oreilles, leva sa trompe, et,
foulant aux pieds les petits arbres, il entra dans
la vallée.

« Trop tard ! s'écria Cloof ; il nous atteindra
en un instant. Il faut faire feu. Visez à l'œil ! »

Le docteur, confiant dans l'expérience du vieux

chasseur, arrêta son cheval et attendit l'éléphant.
Cloof et l'autre Hottentot avaient fait de même.

L'énorme bête avançait avec une extrême
vitesse. Quand elle ne fut éloignée que d'une
vingtaine de pas, les trois chasseurs firent feu en
même temps. Les balles frappèrent l'éléphant à
la tête, mais ne le blessèrent pas mortellement.

Il s'arrêta une minute, comme surpris, puis il
s'élança en avant avec fureur. En un clin d'œil il
eut rejoint Conrad ; l'enlevant de son cheval, il
le tint une minute suspendu en l'air, puis il le
jeta par terre.

Le malheureux croyait sa dernière heure
venue : il voyait l'éléphant lever le pied pour
l'écraser; d'un mouvement prompt comme l'é-
clair, il se roula de côté et parvint à se soustraire
à la mort. Il se croyait cependant perdu, lorsqu'il entendit un coup de fusil, se sentit saisi
par le bras et tiré de côté. Alors il perdit connaissance.

Mais son évanouissement ne dura que quelques
minutes; quand il ouvrit les yeux, il vit le vieux
Cloof agenouillé à côté de lui et le regardant avec
une expression inquiète.

« L'éléphant est-il parti? » fut la première
question de Conrad.

Le visage du Hottentot s'illumina d'orgueil.

« Pas parti, dit-il, mort.

— Mort ! qui est-ce qui l'a tué ?

— Cloof l'a fait, répondit le vieux chasseur. Quand j'ai vu l'éléphant prendre Monsieur et le jeter par terre, j'ai sauté de mon cheval et je me suis approché de la bête, qui ne faisait attention qu'à vous. Je lui ai mis le canon de mon fusil près de l'œil, et j'ai fait feu. Il est tombé comme une masse ; le voilà à côté de vous, et vous mangerez de ses pieds, sous lesquels il a voulu vous broyer : grande friandise et douce vengeance. Ah ! ah ! ah ! »

L'honnête garçon riait aux larmes de sa plaisanterie. Conrad se leva sans trop de difficulté.

« Comment vous sentez-vous ? demanda le Hottentot.

— Bien mieux que je ne l'aurais cru, mon brave Cloof. J'ai bien quelques courbatures et des meurtrissures ; mais j'ai la vie sauve, et cela grâce à toi, mon bon Cloof. C'est un service que je n'oublierai jamais. Mais allons reprendre notre place, afin que la chasse ne se ressente pas de mon accident.

— Chasse finie, répliqua le Hottentot ; pendant que vous étiez sous l'éléphant, les antilopes se sont sauvées par la route libre.

— Mais où sont alors nos amis ?

— Là-bas ; ils sont tous descendus de cheval.

— Allons les retrouver. »

8*

Cinq minutes plus tard ils rejoignaient les autres chasseurs, qui ne firent pas attention à eux.

« Holà ! Richard, qu'y a-t-il ? s'écria Conrad.

— Sture est tombé de cheval, répondit celui-ci, un gnou l'a attaqué et renversé.

— Pauvre diable ! j'espère que ce ne sera rien de grave. »

Conrad s'avança vivement et examina la blessure du Hottentot.

« La chute l'a étourdi, dit-il enfin, et le gnou lui a fait une luxation au pied. Nous allons remettre cela avant que l'inflammation ne devienne trop forte. Que deux de vous tiennent le pauvre homme ; tenez ferme !... Un, deux, trois ! Bon ! le pied est remis. Cependant le blessé sera encore boiteux un ou deux jours. Il faudra lui faire une civière ; car il ne pourra pas remonter à cheval.

— Je le crois bien ! répondit le général ; nous allons d'abord le mettre à une place ombragée. Klaos restera près de lui. Quant à nous, remontons à cheval.

— Je crains bien que la chasse dans la vallée ne soit finie, dit Conrad en souriant.

— Mille éclairs ! vous avez raison. Comment cela s'est-il fait ? Ah ! Cloof, tu es ici ? pourquoi as-tu quitté ton poste ? »

Pendant ce temps Richard regardait le docteur.

« Que s'est-il passé, Conrad? s'écria-t-il avec inquiétude, tu n'as pas ta mine habituelle.

— Sois sans inquiétude, mon cher garçon, répondit le docteur, tout est pour le mieux; mais sans l'aide courageuse de Cloof je serais mort à l'heure qu'il est.

— Mort! s'écria Richard en se jetant au cou de son ami; tu as été attaqué par un gnou?

— Non, mais par un éléphant, » dit Conrad, tandis que Cloof se frottait les mains en s'écriant :

« Une énorme bête, bania, bania groot. Très, très grand.

— Un éléphant? dit le général étonné; comment cela se peut-il? nous n'en avons pas vu de traces.

— C'est tout simple, car l'animal venait de l'autre côté du ravin. A peine l'avions-nous aperçu, qu'il marchait droit sur nous. Nous voulions fuir d'abord; mais, voyant que c'était impossible, Cloof conseilla de faire feu; nos coups blessèrent l'éléphant et le rendirent encore plus furieux. A ce moment il m'enleva de mon cheval et leva sur moi ses pieds gigantesques.

— Comment Cloof a-t-il pu le mettre en fuite? demanda le général.

— Mis en fuite ! il l'a tué !

— Grand Dieu! s'écria le jeune Eberard, que

tu dois avoir souffert alors que tu t'es cru perdu !

— Et c'est mon brave Cloof qui vous a sauvé ! s'écria le général enchanté. Viens ici, mon vieux garçon : puisque tu t'es montré si courageux, je te donne la liberté; va, tu n'es plus mon esclave. »

Le vieux Hottentot parut consterné et répondit :

« Cloof ne veut pas être libre, Cloof veut rester esclave. Il serait bien puni si maître le renvoyait. Non, Cloof ne partira pas.

— Eh! mon brave entêté, qui te parle de partir? Tu resteras avec moi, c'est certain ; seulement tu ne seras plus un esclave, mais un homme libre à qui je payerai ses services. »

Cloof secoua la tête.

« Maître me donnera de la nourriture?

— Certainement.

— Et habillement?

— Mais oui, et de plus de l'argent.

— Cloof n'a pas besoin d'argent, si maître lui donne tout ce qu'il lui faut.

— Eh bien! nous verrons plus tard ce que je pourrai faire pour toi. Pour le moment allons admirer ton éléphant. Quant à vous, dit-il aux esclaves, rassemblez les antilopes tuées et allumez un bon feu pour faire rôtir quelques cuissots et aussi un pied d'éléphant. Tu en auras ta part, mon brave Cloof, car sans toi nous n'aurions pas eu ce mets savoureux. »

Pendant que les esclaves exécutaient les ordres du général, celui-ci, accompagné de ses amis, allait admirer le gigantesque animal que Cloof avait abattu.

« Antoine sera certainement fâché de n'avoir pu prendre part à cette chasse, dit le général; d'abord le troupeau d'éléphants, puis les antilopes, puis l'aventure du docteur ! Voyez donc cette énorme défense : elle a au moins trois pieds de longueur... Mais le feu est allumé, et Cloof fait tous les préparatifs pour le rôti de pied d'éléphant. Vous allez voir, Messieurs, quel mets délicat il nous servira. »

Quand nos amis retournèrent vers les Hottentots, Cloof était déjà occupé à ôter les pierres rougies du trou où il avait fait cuire le rôti. Les chasseurs ne se firent pas prier pour en goûter, et ils avouèrent que le général n'avait pas trop vanté l'excellence de ce mets.

« C'est toujours une grande fête quand on peut tuer un éléphant, dit le général joyeusement. Oui, l'Afrique a ses côtés agréables, et nous pouvons bien affirmer qu'en ce moment nous faisons un meilleur repas que n'importe quel prince de l'Europe.

— Cela se peut, répliqua Conrad, chez qui la
frayeur semblait avoir aiguisé l'appétit; mais il
faut avouer qu'on achète par bien des désagréments les choses agréables de l'Afrique. L'Afrique
a beaucoup de bon; mais les lions, les hyènes,
les buffles, les éléphants et les serpents forment
un trop grand contraste avec les avantages
qu'elle offre. »

Le général rit de cette boutade, et, comme le
soir commençait à tomber, il donna ordre à ses
esclaves de faire une civière pour porter leur camarade blessé.

Lui et ses jeunes amis remontèrent ensuite à
cheval et regagnèrent le campement avant que la
nuit ne fût entièrement venue. Antoine allait un
peu mieux; mais il enviait les heureux chasseurs,
et plus que jamais il maudissait sa témérité,
qui l'avait privé d'une journée si intéressante.

XII

LÉOPARDS, AUTRUCHES ET GIRAFES

On employa les jours suivants à chercher le butin de la chasse et à préparer les peaux pour l'empaillement. Augustin fit plusieurs excursions botaniques ; chaque fois il revenait chargé de plantes.

Le général, Conrad et Richard partageaient leur temps entre quelques petites chasses et des visites au pauvre Antoine, qui souffrait toujours beaucoup. Toutefois sa guérison marchait rapidement ; le docteur affirmait qu'au bout d'une semaine il pourrait non seulement se lever, mais prendre déjà part aux courtes excursions qu'on ferait.

Pendant ce temps on chassait surtout les oiseaux, dont le magnifique plumage attirait l'attention des Européens. Conrad s'occupa principalement des papillons, dont il était grand amateur. Sur les riches prairies émaillées de milliers de fleurs, il ne pouvait manquer de faire un butin énorme; aussi avait-il peine à loger et à garder les merveilleux insectes aux couleurs éclatantes.

Les caisses apportées d'Europe furent vite remplies; mais Cloof savait remédier au manque de boîtes en tressant des verges flexibles, et il confectionnait des paniers que Conrad préférait même à ceux d'Europe.

Après une quinzaine de jours, nos amis eurent formé de telles collections, que l'espace commença à leur manquer. Antoine était complètement guéri; il avait déjà pris part à quelques petites chasses.

L'été africain allait finir, et le général émit l'avis de retourner à la ville du Cap. Richard et Conrad n'y firent point d'objection. Seul Antoine dit avec quelque hésitation combien il désirait voir une chasse, pour se dédommager un peu de ses douleurs.

« Ce désir est très naturel, dit le général, voulant faire plaisir à son favori; il me semble que nous pouvons remettre notre départ d'un jour. Qu'en dites-vous, mon cher Richard?

— Je n'y vois pas d'objection, répondit celui-ci en souriant. Toutefois je demande que nous évitions, s'il est possible, toute rencontre avec des buffles, des éléphants ou des lions. Autrement nous pourrions nous trouver dans la nécessité de prolonger de nouveau notre présence ici.

— Ce ne serait pas un si grand malheur pour toi, répondit Conrad gaiement. L'air de l'Afrique et la vie vagabonde dans les forêts paraissent convenir on ne peut mieux à ta santé.

— Je ne puis te dire combien je me sens revivre et à quel point je me fortifie. Je me félicite tous les jours de notre rencontre avec les bohémiens, et surtout d'avoir suivi leur conseil. Nous n'avons quitté Anvers que depuis peu de mois, et déjà je me sens un autre homme. Leur prophétie se réalise ; qui l'aurait cru au moment où tu m'as trouvé dans le jardin ? »

Conrad souriait avec malice, tandis que le général écoutait avec curiosité.

« Que parlez-vous de bohémiennes et de prophéties ? demanda-t-il. Je m'intéresse fort aux choses mystérieuses, et si vous n'avez pas de raisons particulières pour taire votre aventure, je vous prierai de me la raconter.

— Volontiers, général, » répondit Richard, et il narra sa rencontre sur l'île de l'Escaut, tandis que Conrad souriait toujours.

« Hum ! dit le général quand Richard eut fini son récit, c'est certainement une aventure extraordinaire. J'aurais presque envie de vous accompagner à Ceylan ; la découverte d'un petit gîte de pierres précieuses serait fort amusante et pas du tout impossible dans cette île. Si vous ne voyez pas d'inconvénient à ma compagnie, je réfléchirai à ce voyage.

— Ah ! mon cher général, que nous serions heureux si vous veniez avec nous ! s'écrièrent à la fois Conrad et Richard ; tous les trésors de Ceylan nous feraient moins de plaisir que votre présence.

— Eh bien ! nous verrons. Je n'ai rien à faire au Cap pour le moment, et je me promets bien de l'agrément d'une exploration dans la contrée que vous voulez visiter. Et puis la prophétie de la petite bohémienne m'intrigue. Enfin nous verrons.

« Pour le moment il faut décider de quel côté nous dirigerons notre chasse. Moi non plus je n'opine point pour les lions, les buffles ou autres bêtes sauvages. Que dites-vous d'une chasse aux autruches ? Je ne doute pas qu'avec l'aide de notre brave Cloof nous ne découvrions quelques-uns de ces oiseaux gigantesques.

— Des autruches ! Quelle heureuse idée ! s'écria Richard. Et puis il n'y a point de danger, je pense ?

— Point d'autre que de tomber de cheval pendant notre poursuite, répondit le général. Mais

nos chevaux sont de fortes bêtes, et quinze jours
de repos ne leur auront point nui. Du reste,
vous êtes maintenant un cavalier consommé.
Eh bien ! Antoine, que dites-vous d'une chasse
aux autruches ?

— Elle me fera grand plaisir ; cependant j'aurais préféré tuer un éléphant ; mais puisqu'il y
aurait trop de danger, j'y renonce.

— Bien parlé ! s'écria le général, d'autant plus
qu'à Ceylan vous trouverez plus d'éléphants que
vous n'en voudrez peut-être , et point d'autruches ; l'Afrique seule en possède. Donc, puisque c'est décidé, mettons notre projet à exécution. Holà ! Cloof, arrive ici. »

Cloof s'approcha vivement.

« Dis donc, maître chasseur, nous voudrions
tuer quelques autruches : peux-tu nous dire où
nous en trouverons ?

— Il n'y a pas d'autruches par ici, répondit le
vieux ; il faut aller dans le Grand-Karoo ; là il y
en a de reste.

— Mais c'est loin d'ici, objecta le général.
Toutefois un jour ou deux de plus ne sont pas
une difficulté pour nous. En laissant les chariots ici, nous pourrions faire le chemin à cheval, et nous arriverions à la nuit. Nous aurons
alors la journée de demain pour chasser. Est-ce
votre avis, Messieurs ?

— Certainement, répondit Richard.

— Qu'est-ce que le Grand-Karoo? demanda Conrad à son tour.

— C'est un plateau immense, presque entièrement nu, répondit le général. Il est arrosé par bon nombre de ruisseaux et de rivières, qui presque tous sont à sec pendant l'été. On ne trouve pendant cette saison que quelques marais où les animaux vont se désaltérer. Nous n'avons pas à craindre de sécheresse pour le moment, car la pluie a sans doute fait sortir des milliers de sources de cette terre généralement aride.

« En ce moment elle doit être couverte de fleurs et d'herbe. Je ne vous y aurais pas conduits après une longue sécheresse, car alors ce n'est qu'un désert stérile dont le sol a la dureté de la pierre.

« Je m'y suis trouvé une fois pendant l'été. Quel aspect désolant! Pas une goutte d'eau dans les fleuves desséchés, sur les bords desquels on voyait quelques mimosas aux feuilles jaunies; pas d'autres arbres, point de fleurs, point d'herbe. Quand la sécheresse n'est pas trop grande, on trouve une petite plante ressemblant aux bruyères, plusieurs espèces d'euphorbes avec leurs fleurs aux couleurs vives et quelques autres plantes; mais cet été-là il n'y avait rien, rien !

Aujourd'hui nous trouverons cet endroit-là en pleine végétation, car la pluie a fortement trempé la terre.

« Nous allons partir immédiatement, si vous désirez voir cette merveille. Un seul gardien suffira pour les chariots. »

Tous se préparèrent aussitôt pour le départ, et un quart d'heure après la caravane, avec Cloof en tête, s'avança dans la direction du Grand-Karoo. Vers midi, on s'arrêta sous un bosquet pour faire paître les chevaux et prendre un peu de repos.

Richard, Conrad et le général s'étendirent, désirant dormir une heure. Antoine prit son fusil pour faire un tour dans la forêt.

« Où voulez-vous donc aller? demanda le général; songez que nous avons encore un assez long chemin à faire; vous devez éviter de vous fatiguer.

—Je ne m'éloignerai guère, monsieur le général; je vais seulement voir si je puis encore tirer un coup de fusil. Cette fatale blessure m'aura rouillé la main.

— Allez donc, puisque vous le voulez absolument; mais je vais vous donner un Hottentot pour vous accompagner et vous ramener. —Pick, suis mynheer Antoine et aie grand soin de ne pas perdre la direction. Nous repartirons dans une heure : ne restez donc pas trop longtemps, Antoine. »

Celui-ci promit de revenir à temps, puis, précédé de Pick, jeune et vigoureux Hottentot, il s'enfonça dans le fourré. Il avait à peine fait une centaine de pas, que déjà il rencontrait du gibier : il tua d'un coup deux grands oiseaux rares.

« Cela va encore, dit-il joyeusement à son compagnon; le manque d'exercice ne se fait pas trop sentir.

— Mynheer grand chasseur, répondit Pick; coup de fusil et mort tout en même temps; mais temps de retourner, demi-heure passée.

— Retournons donc. Mais, un moment, je vois là-bas remuer quelque chose dans le fourré, là à côté du grand arbre : ne vois-tu rien, mon brave Pick ?

— Ah ! s'écria le Hottentot en regardant dans la direction indiquée, ça bête sauvage ! Léopard! très mauvais ! Partons.

— Ah ! oui-dà ! répondit Antoine, voilà du bonheur ! Allons, suis-moi ; il faut en approcher avant d'en être vus.

— Trop tard ! nous découverts, répondit Pick craintivement. Écoutez, c'est femelle avec jeune léopard! Voyez caverne. Oh ! partir ; femelle très mauvaise.

— Un jeune ! dit Antoine encore plus excité;

mais c'est parfait cela ! Il nous faudra tuer la mère et apporter le petit à ces messieurs. Alerte ! mon garçon, ton fusil est-il chargé ?

— Deux balles, répondit le Hottentot ; mais très dangereux chasser léopard. Sommes perdus si elle pas tuée tout de suite.

— En ce cas il faut l'expédier sur-le-champ, répondit Antoine, de plus en plus désireux d'attaquer le fauve. Tiens-toi près de moi, et tu verras ; nous emporterons le jeune. »

Sans écouter les objections de son compagnon, Antoine fit un détour pour s'approcher du léopard, en ayant soin de se tenir toujours caché par des buissons, afin que la bête, qui en effet était doublement à craindre puisqu'elle avait des petits, ne le découvrît pas trop tôt.

Le Hottentot, tout en ayant peur, le suivit.

Le doigt sur la détente du fusil, les yeux constamment tournés dans la direction du léopard, marchant tantôt droits, tantôt courbés, ils s'approchèrent tout doucement.

L'animal ne se doutait certainement pas encore de leur présence, et Pick devait s'être trompé en disant qu'ils étaient découverts.

Tout à coup Antoine s'arrêta, recourba quelques branches et regarda.

Le léopard n'était plus couché par terre ; il venait de se lever et jouait avec deux petits, qui ne semblaient pas plus grands que des chats. La mère les roulait sur le sol, les excitait, s'éloignait de quelques pas, puis s'approchait de nouveau en faisant entendre un petit grognement de satisfaction.

« Bon! dit le Hottentot à voix basse. Nous pas vus, partons! »

Antoine ne pouvait détacher ses yeux de ce spectacle. Les mouvements du léopard étaient si souples, si gracieux! et, de plus, le soleil se reflétait sur sa peau mouchetée.

« Temps, plus attendre, murmura Pick; l'heure passée bientôt.

— Tu as raison, répondit Antoine, il faut en finir. Mais j'ai presque pitié de ce bel animal : comme il s'amuse avec ses petits !

— Pas pitié ! dit Pick, qui tout d'un coup devint belliqueux. Léopard très mauvais : pas pitié lui avec homme, ni bœuf, ni mouton. Tuez-le, et apportons petits à maître général. »

Antoine ne répondit pas; il regarda son fusil, y mit un peu plus de poudre et s'approcha encore de la bête. Ils arrivèrent ainsi jusqu'à une quarantaine de pas du léopard; le chasseur leva son fusil et visa le fauve, qui en ce moment se roulait par terre, les yeux fixés sur ses petits.

Au moment où Antoine allait tirer, Pick mit le pied sur une branche sèche qui se cassa en faisant du bruit. Aussitôt le léopard se leva en poussant un hurlement affreux et en fixant ses regards sur le buisson derrière lequel se trouvaient les deux hommes. Ses yeux lançaient des éclairs, sa peau se hérissait, ses oreilles se couchaient en arrière et sa longue queue fouettait ses flancs.

« Tirez vite ! s'écria le Hottentot, ou lui nous tuer ! »

Le coup partit; la bête furieuse essaya de bondir en avant, mais elle retomba inanimée. Les petits disparurent aussitôt à l'intérieur de la caverne.

« Vite ! vite ! chercher petits et partir ! s'écria Pick. Mynheer grand, grand chasseur !

— Patience, mon cher Pick, dit Antoine en chargeant de nouveau son fusil ; ces petites bêtes ne nous échapperont pas, et je voudrais emporter la peau du léopard. A l'œuvre, mon garçon; tu as bien ton couteau de chasse ?

—Oui, répondit Pick ; mais pas bon rester ici, où femelle pas loin mâle. Pourquoi peau ? Mynnher aura petits.

— Bon, va donc les chercher; je commencerai toujours à dépouiller la femelle, dit Antoine en posant son fusil contre un arbre. Va vite, tu me donneras un coup de main en revenant. »

Le Hottentot posa son fusil à côté de celui d'Antoine et s'approcha avec lui de la caverne, qui

9

était encore à une quarantaine de pas de l'endroit où les chasseurs se trouvaient. Leurs fusils, dont ils n'avaient pas besoin, restèrent près de l'arbre.

Pick disparut dans l'antre, après avoir tiré après lui un gros tronc d'arbre qu'il laissa devant l'ouverture, afin d'empêcher les petits léopards de se sauver par là.

Antoine ouvrit la bête et commença à la dépouiller, tout en songeant à la surprise qu'il allait causer à ses compagnons. L'ouvrage avançait vite, car le couteau du chasseur était bien affilé. Il avait à peu près fini la moitié de sa besogne lorsqu'il entendit des cris plaintifs dans la caverne, et en même temps des rugissements de fureur dans la direction où étaient les fusils.

Antoine tressaillit en apercevant un second léopard qui bondissait à travers la forêt. Il était trop tard pour atteindre les fusils; le chasseur ne pouvait plus que pousser un cri d'alarme pour avertir le Hottentot du danger, et tâcher de se sauver ensuite lui-même sur le rocher qui s'élevait au-dessus de la caverne. Il y arriva prestement; mais en se retournant il vit le léopard qui s'apprêtait à le suivre.

Par une prière rapide, Antoine remit sa vie entre les mains du Seigneur; puis il se prépara à la vendre le plus chèrement possible, bien qu'il

n'eût point d'autres armes que son couteau.
Que pouvait-il contre la force et l'adresse du
léopard rendu furieux par la vue de sa femelle
morte ?

Tout à coup, au moment où le fauve allait
s'élancer sur lui, on entendit de nouveau un
miaulement plaintif dans la caverne. Aussitôt le
léopard se retourna vers l'antre.

Le tronc que le Hottentot avait placé devant
l'entrée l'empêchait d'y pénétrer, mais ne faisait
qu'augmenter la fureur de l'animal. Les petits,
se doutant de la présence du père, poussaient des
cris de plus en plus forts.

Le léopard saisit le tronc avec ses deux pattes
de devant et s'efforça de l'écarter. Antoine tremblait qu'il n'y réussît ; mais le Hottentot retenait le tronc de toutes ses forces, décuplées par
l'angoisse mortelle qu'il éprouvait. L'obstacle
résista ainsi aux premières attaques, et Antoine
se remit à espérer.

« Jette-lui ses petits, lui cria-t-il, peut-être
se retirera-t-il alors. »

Point de réponse de l'intérieur ; le léopard,
qui avait suspendu un moment son attaque, la
renouvelait avec plus de vigueur. Cependant
l'obstacle ne bougea pas.

Antoine jeta un regard vers l'arbre où se trouvaient les deux carabines chargées ; une fois en

possession de ces armes, il serait facile de devenir maître de la bête furieuse. A une troisième attaque du léopard contre l'arbre, Antoine fit un pas dans la direction des fusils, mais aussitôt le fauve bondit en l'air...: il allait sauter sur le chasseur, lorsque de nouveaux cris des petits le rappelèrent vers la caverne.

La bête, affolée, s'attaqua derechef au tronc d'arbre. Après cinq minutes d'angoisse indescriptible, Antoine fut convaincu que le léopard entrerait bientôt dans l'intérieur, car chaque fois qu'il revenait à l'arbre il en arrachait de larges éclats, et déjà il avait assez agrandi l'ouverture pour pouvoir y passer une partie de la tête.

Pick se défendait de son mieux. Le sang du léopard s'échappait de trois plaies. Toutefois ces plaies n'étaient pas mortelles et ne faisaient qu'augmenter la rage du terrible animal.

A un moment il saisit le bras du pauvre Hottentot et y enfonça ses griffes puissantes. A partir de cet instant la résistance fut moins énergique; à la fin l'arbre s'ébranla et roula de côté.

Le léopard poussa un rugissement de triomphe et s'apprêta à s'élancer dans l'intérieur. Le malheureux nègre semblait perdu; aussitôt Antoine se précipita du rocher, et d'un bond prodigieux il se trouva presque sur l'animal, qui, déconcerté de cette brusque attaque, tomba avec son adversaire.

Heureusement le genou d'Antoine se trouvait sur le cou de son ennemi. Avant d'avoir même eu le temps de réfléchir, le hardi chasseur enfonça son couteau dans la gueule ouverte du fauve; puis, le délaissant, il se releva et courut à son fusil.

Il se retourna, croyant le léopard à sa poursuite; il n'en était rien. Celui-ci avait reçu un coup mortel; il se roulait par terre dans les dernières convulsions de la mort. Pick était déjà près d'Antoine.

« Ah! mynnheer grand chasseur! s'écriait le Hottentot, heureux de l'issue du combat; bon ami! homme vaillant! Pick avoir vu mynheer sauter sur léopard et hasarder sa vie pour pauvre Hottentot. Pick reconnaissant, jamais oublier cela! »

A ces mots, le nègre se jeta aux genoux d'Antoine et baisa ses pieds.

« Allons, Pick, ne sois pas un enfant, dit Antoine, assez embarrassé de la gratitude du nègre. N'aurais-tu pas fait de même pour moi? Pourquoi donc tant de témoignages de reconnaissance? J'aurais mieux fait de suivre ton conseil, de laisser la femelle et de nous sauver avec les petits. Voyons, lève-toi donc. Mais tu es blessé!

— Ça rien, pas de mal, répondit le Hottentot en riant; vite guéri; un peu d'herbe, et c'est fait. »

Il arracha vivement quelques herbages, les broya entre deux pierres et les mit sur la plaie; le sang cessa aussitôt de couler.

« Voilà, dit-il; et mynheer blessé?

— Non pas, répondit Antoine; j'ai mis tant d'empressement, que j'ai pu tuer la bête avant qu'elle eût le temps de me faire aucun mal. Mais partons maintenant, il pourrait venir un autre léopard, et j'avoue que pour aujourd'hui j'en ai assez de deux.

— Ne plus en venir, assura Pick : deux vieux, deux jeunes, c'est tout. Maintenant prendre tranquillement peaux et petits.

— Bien! je ne demande pas mieux que de prendre les peaux; quant aux petits, je pense qu'ils se sont sauvés.

— Non, non, répondit le Hottentot en riant. Prisonniers tous deux dans la caverne.

— C'est parfait! va donc les chercher et aussi nos carabines. Je commence à voir que les promenades dans les forêts d'Afrique sont plus dangereuses que celles qu'on fait en France. Hâtons-nous, car ces messieurs doivent s'impatienter. »

Le jeune Hottentot obéit; il rentra dans la caverne et en ressortit bientôt tenant les deux pe-

tits léopards, dont il avait attaché les pieds. Après
avoir cherché les fusils, il aida Antoine à dépouiller les léopards.

Une demi-heure après ils avaient fini. Chacun
d'eux se mit alors en guise de manteau une peau
sur l'épaule, puis un petit sur le bras, et ils retournèrent vers les autres chasseurs.

Ils arrivèrent au moment où le général donnait
à plusieurs domestiques l'ordre de les chercher.
L'étonnement fut grand quand on vit les deux
hommes avec leurs manteaux de fourrure.

« Mille éclairs ! s'écria le général, j'aurais dû
penser qu'Antoine avait encore eu une aventure.
Faites attention, mon garçon, cela finira mal un
jour.

— Il s'en est peu fallu que ce ne fût déjà
fait, répondit le chasseur. Les deux coquins dont
nous avons les peaux nous ont donné beaucoup
de mal.

— Et vous portez deux petits ! s'écria le général, visiblement content. Ah çà! vous allez me
faire cadeau de l'un d'eux, Antoine; il y a longtemps que je désire en posséder.

— Je ne demande pas mieux, répondit l'Eu-
ropéen ; mais ils appartiennent à mon maître
M. Eberard.

— En ce cas, ils sont tous deux à vous, général, dit vivement Richard.

— J'accepte à une condition : je vais les garder tous deux, et à votre retour de Ceylan vous en prendrez un. De cette façon vous aurez un souvenir vivant de votre excursion en Afrique.

— C'est une bonne idée, général, et j'accepte avec grand plaisir. Maintenant, Antoine, tu vas nous raconter tous les épisodes de ta chasse. »

Antoine raconta de son mieux, et Pick fit encore une description enthousiaste de l'acte héroïque de son sauveur.

« Par le ciel ! c'était d'un brave ! s'écria le général, et je vous pardonne votre témérité, mon cher Antoine; mais je vous prie de ne plus attaquer de léopards, à moins que ce ne soit en nombreuse compagnie. Cela finit rarement aussi bien... Et maintenant à cheval, Messieurs ! il nous faudra un bon temps de galop pour rattraper le temps perdu. »

La nuit était déjà venue, lorsqu'on arriva au Grand-Karoo; chevaux et cavaliers étaient harassés de fatigue. On ne tarda pas à allumer des feux pour tenir les bêtes féroces à distance respectable; on désigna les heures de garde pour chacun, et bientôt après les chasseurs dormaient d'un bon sommeil, qui ne fut interrompu qu'au lever du soleil.

Les rapports des gardes étaient satisfaisants. On avait entendu de loin le rugissement des lions

et les cris des hyènes; mais aucun de ces animaux
ne s'était hasardé dans les environs du campement.

La chasse aux autruches pouvait donc avoir
lieu, et déjà Antoine s'était élancé sur son cheval
et allait explorer les environs.

« Halte là ! monsieur Antoine, dit le général
en riant ; si vous allez de ce pas, nous ne prendrons pas une seule autruche. Venez ici, et con-
certons-nous pour faire une bonne prise.

— Il me semble qu'il suffit de découvrir les
autruches, de les poursuivre et de les tuer.

— Oui, il vous semble, dit le général en souriant. Mais savez-vous aussi qu'il est on ne peut
plus difficile de s'approcher de ces oiseaux pour
pouvoir les tuer ? Ils se tiennent toujours sur
leurs gardes, et ils ont de fort bons yeux pour
découvrir l'ennemi de très loin. Leur course est
si rapide, que le cheval le plus agile ne peut les
suivre.

« Vous comprenez donc qu'il s'agit de les
prendre par ruse. Car ne croyez pas que l'autruche soit aussi sotte que plusieurs naturalistes
l'ont prétendu.

— Donnez-nous vos instructions, mon cher
général, dit Richard, et vous nous verrez fidèles
à les suivre.

— Avant tout, il faut nous partager en deux

9*

camps. Mon avis est d'envoyer Cloof en avant avec deux autres Hottentots. Mon vieux chasseur saura vite découvrir s'il y a lieu de faire chasse dans les environs.

« S'il en est ainsi, nous formerons un grand cercle autour des autruches. Comme elles sont d'un naturel très peureux, aussitôt qu'elles aperçoivent un homme elles se retournent pour échapper dans une autre direction. Mais là aussi elles rencontreront un chasseur.

« Nous rétrécirons toujours le cercle et attendrons que les autruches soient fatiguées de leurs manœuvres répétées. Il nous sera facile ainsi de les prendre.

« Est-ce bien compris, mes amis ?

—Certainement, répondit Richard; cette chasse me semble on ne peut plus simple, et, si nous rencontrons ces échassiers, ils ne pourront nous échapper.

—En avant donc, mon brave Cloof! Montre à ces messieurs que tu sais faire encore autre chose que de tuer des éléphants.

— Vous verrez bientôt, maître; il y a assez d'autruches par ici; pas chercher longtemps. »

Il partit avec deux de ses camarades; ceux qui restaient firent un bon repas, car on ne savait combien de temps durerait la chasse. Une heure plus tard, Pick revint au galop de son cheval pour annoncer qu'on venait de découvrir un troupeau d'au moins vingt autruches.

« Onagres y être aussi et girafes, dit le jeune homme, deux grandes et une petite. Pouvons prendre jeune girafe, comme hier petits léopards.

— Pick a raison, s'écria le général joyeusement. Ne vous ai-je pas dit que Cloof trouverait bientôt des autruches? Et maintenant tâchons que la petite girafe ne nous échappe pas. Le mieux est de distribuer les rôles pour la chasse.

« Richard, Conrad et moi nous nous occuperons surtout de la jeune bête. Antoine et Augustin tâcheront de tuer les deux vieilles; quant aux autruches, nous ferons tous feu sur elles, et nous ne nous occuperons pas des onagres.

« Mais qu'on prenne garde de blesser la jeune girafe; je serais vraiment fâché si nous ne pouvions l'avoir vivante. Il faut aussi avertir Cloof de ne pas faire feu sur elle; je te charge de le lui dire, Pick.

— Bien, maître; mais si jeune girafe fuir, quoi alors ?

— Qu'on la laisse courir, et si je ne suis pas dans les environs, qu'on m'avertisse. Partons, car Cloof doit nous attendre avec impatience. »

En un instant toute la petite troupe fut à cheval et s'élança dans la direction indiquée par

Pick. Un seul Hottentot resta en arrière avec les deux léopards.

Après une course d'une demi-heure, Pick arrêta son cheval.

« Autruches là-bas, » dit-il.

Le général se dressa sur sa selle et reconnut le troupeau qui paissait tranquillement à une petite distance.

« Tout va bien, dit-il; elles ne se doutent encore de rien, et je pense qu'elles ne peuvent nous échapper. Où est Cloof, Pick?

— Cloof de l'autre côté, pour prendre en arrière.

— Bien! et maintenant, Messieurs, désignons la place de chacun de nous. Toi, Pick, tu vas faire un grand détour pour avertir Cloof de notre présence. Antoine et Augustin, vous suivrez les Hottentots, et vous vous posterez à une distance qui vous permette de voir vos signaux. Quant à nous, nous ferons le détour à gauche; toi, Klaas, tu resteras ici jusqu'à ce que la chasse commence. J'en donnerai le signal en levant mon fusil en l'air; mes deux voisins feront de même, et la manœuvre se répétera de l'un à l'autre jusqu'à ce que tous soient avertis. Alors nous avancerons lentement vers le troupeau. Nous laisserons échapper les onagres, car nous en avons déjà assez; les autruches seront renvoyées ou tuées si elles s'approchent, de même les deux vieilles girafes. Tout le monde a-t-il compris ?

— Oui, maître, répondit Pick au nom des autres; laisser passer onagres, tuer autruches, tuer vieilles girafes et prendre jeune.

— Bien ! En avant maintenant, et bonne chasse ! »

La petite troupe se sépara, avançant à droite et à gauche. Une demi-heure après chacun était à son poste. Le général donna le signal d'avancer.

On rétrécit lentement le cercle ; quelques minutes se passèrent avant que les animaux cernés s'en aperçussent. Tout à coup les onagres levèrent la tête et s'enfuirent au galop. D'après l'avis du général, on les laissa passer sans tirer sur eux.

Mais leur fuite avait rendu les autruches inquiètes. Elles levèrent leur grand cou, poussèrent des cris qui rappelaient de loin les rugissements du lion, puis, employant leurs courtes ailes comme des nageoires, elles s'élancèrent sur le plateau. Plus vite que le cheval le plus rapide, elles parcoururent la plaine. En peu de secondes elles eurent disparu de l'horizon. Richard et Conrad éperonnaient leurs chevaux pour les poursuivre ; mais un signe du général leur fit reprendre leur première allure. Quelques minutes après, on entendit, dans la direction de Cloof, deux coups de fusil, et presque aussitôt on vit un nuage de poussière s'avancer rapidement.

Les autruches revinrent avec une vitesse vertigineuse. Dans leur frayeur, elles ne virent pas les chasseurs. Tout à coup on entendit le coup de fusil du général. Les autruches s'arrêtèrent sur place, puis firent un détour et s'élancèrent dans la direction de Richard; son coup fit encore augmenter la rapidité des oiseaux. Une minute après, on entendit le fusil d'Antoine, puis de nouveau ceux des Hottentots.

Le cercle s'étant de plus en plus rétréci, le général donna le signal de s'arrêter. Tous retinrent aussitôt leurs chevaux et regardèrent les autruches courant à l'intérieur du cercle. On apercevait aussi la jeune girafe faisant des bonds énormes à côté de sa mère. Toutes les deux, pour mieux garder l'équilibre, avaient recourbé leur grand cou sur leur dos, et elles avançaient en faisant des bonds grotesques. Cependant elles ne restèrent pas en arrière des autruches. On ne voyait pas la troisième girafe; elle devait avoir franchi le cercle ou avoir été tuée par un chasseur, et cette dernière hypothèse était la plus probable, parce que, dans le premier cas, les deux autres girafes n'auraient pas manqué de la suivre.

Peu à peu les autruches commencèrent à se

fatiguer; leur course vertigineuse se ralentit, quelques-unes restèrent même en arrière des autres. Les coups de fusil retentirent de plus en plus, et on se serait certainement emparé de tout le troupeau si, comme d'ordinaire, on ne s'était pas laissé emporter par l'ardeur de la chasse. Malgré les signaux du général, on rétrécit progressivement le cercle, d'abord lentement, puis de plus en plus vite.

Antoine abattit la vieille girafe, ce qu'il annonça avec des cris de joie. L'ordre de chasse, bien observé jusqu'alors, fut interrompu; une brèche se fit dans le cercle, et la jeune girafe disparut.

Nul autre que Cloof ne s'en était aperçu; il alla au plus vite avertir le général; celui-ci cessa aussitôt la poursuite des autruches, appela Richard et Conrad, et se mit avec eux et Cloof à la poursuite de la girafe, qu'on apercevait encore dans le lointain.

« Que les autres s'occupent des autruches, dit-il à nos amis; quant à nous, tâchons de prendre la jeune bête. »

Les chevaux avançaient au galop dans la grande plaine, et le général s'aperçut bientôt qu'on gagnait rapidement sur l'animal poursuivi.

« Courage! s'écria-t-il, elle est déjà fatiguée, elle ne courra plus longtemps. Il sera facile de nous en emparer!

— Oui, maître, dit Cloof en riant, surtout avec l'aide de ces lanières de cuir, que j'avais mises à tout hasard dans ma gibecière. »

Et il tira une sorte de lazo usité en Amérique pour prendre les chevaux sauvages.

« Pensez-vous saisir la girafe avec ces lanières ? demanda Richard.

— Vous le verrez, répondit le Hottentot ; je réponds de l'animal, pourvu que nous ne soyons pas éloignés de lui de plus de cent pas.

— Vous savez donc lancer le lazo comme les Indiens ? demanda Conrad.

— Sans doute, dit le général, Cloof sait fort bien s'en servir. »

On s'approchait de la girafe, qui semblait sur le point de tomber de fatigue.

« Encore quelques minutes, et elle est à nous ! s'écria le général. Courage ! et en avant ! »

On s'en était approché de près de trois cents pas. La girafe, qui jusqu'alors ne s'était pas retournée, s'arrêta tout à coup et regarda en arrière. Cloof tenait son lazo, prêt à le lancer.

« Une minute encore, et elle est perdue ! » s'écriait-il avec triomphe.

Mais l'animal n'attendit pas cette minute. En se tournant elle vit les chasseurs, elle fut visiblement effrayée et recommença une nouvelle course.

« Mille éclairs! elle nous a trompés, s'écria le général; ce que nous avons pris pour de la fatigue n'était qu'un faux calcul; elle se croyait hors de notre atteinte. La chasse ne fait que de commencer. Voyez comme elle allonge le pas.

« En avant, mes enfants! en avant! il faut la prendre.

— Ne nous éloignons-nous pas trop des autres? dit Conrad prudemment. Ne vaudrait-il pas mieux la laisser courir?

— Non! non! mille éclairs! s'écria le général; si nous la laissons échapper, je ne m'en consolerai jamais. »

La course recommença avec une plus grande vitesse.

La contrée devint peu à peu plus inculte et plus déserte, le sol plus dur, et enfin toute trace de végétation disparut. Une grande plaine brune s'étendit devant les yeux des chasseurs.

Les lits des rivières n'avaient plus d'eau; on n'apercevait pas un arbuste ni une plante. Personne n'y fit attention; tous les yeux étaient fixés sur la girafe, qui avançait en faisant des bonds énormes.

La nouvelle chasse avait déjà duré deux heures, et il ne semblait pas qu'on dût atteindre la bête de sitôt; bien plus, la distance entre elle et les

cavaliers paraissait plutôt augmenter que diminuer.

Conrad et Richard avaient depuis longtemps
perdu tout espoir de la prendre; Cloof lui-même
branlait la tête; seul le général ne perdait pas
courage. Tout à coup la girafe s'arrêta court,
puis elle courut de côté et d'autre comme indécise.

« Ah ! elle vient de rencontrer un obstacle ,
s'écria le général : un profond ravin sans doute.
Vite, vite, le lazo! »

Cloof le brandit, avança de quelques pas, puis,
avec une force et une adresse qu'on n'aurait
pas attendues du vieillard, il lança le lazo. Les
lanières entourèrent les jambes de la girafe, qui
tomba par terre.

« Victoire ! s'écria le général; enfin, mille
éclairs! voilà une chasse! »

Cloof sauta de son cheval et attacha aussi à
l'animal les jambes de derrière, tout en lui laissant la facilité de pouvoir marcher, puis il lui
mit une corde au cou.

A peine eut-il fini, que la girafe se leva, regarda craintivement les chasseurs et essaya de
nouveau de s'enfuir. Mais c'était en vain; après
quelques tentatives infructueuses elle se tint
tranquille.

« Quel joli animal! s'écria Conrad, en dépit

de sa structure bizarre; le cou d'une longueur extraordinaire, les jambes de devant plus longues que celles de derrière, lui donnent un air étrange. Mais quelle jolie tête! et quelle peau magnifique! Pensez-vous, général, qu'elle supportera la captivité?

— Certainement, car elle est assez âgée pour pouvoir se passer de sa mère, et assez jeune pour supporter les difficultés de sa nouvelle position. Je la mettrai dans mon verger; elle y aura suffisamment de place pour s'amuser, et bientôt elle sera apprivoisée. L'as-tu attachée de façon qu'elle ne nous puisse échapper, Cloof?

— Pas de danger, maître.

— Bon! retournons donc auprès de nos compagnons, qui ne savent pas ce que nous sommes devenus. Cette chasse, du reste, m'a donné de l'appétit et m'a surtout altéré. N'y a-t-il pas de source dans les environs, Cloof?

— Assez de sources, maître, mais point d'eau, répondit le vieux chasseur.

— Mille éclairs! il a raison; il n'a pas plu ici comme au commencement du Karoo; c'est pour cela que nous avons si vite rencontré un troupeau d'autruches. Que faire maintenant, Cloof?

— Il nous faut retourner d'où nous sommes venus; à une heure d'ici nous trouverons de l'eau, et nous rencontrerons certainement un animal que nous pourrons tuer pour notre repas.

— Un repas et de l'eau ! s'écria Richard, j'avoue que cela me semble une agréable perspective. Ma langue se colle au palais.

— Et cette chaleur ! cette poussière ! ce soleil brûlant dont rien ne nous garantit ! soupira Conrad. En vérité, ce n'est pas sans peine que nous avons la girafe.

— Hélas ! non, répondit le général, et je commence à m'apercevoir que j'ai eu grand tort de vous entraîner à sa poursuite. Mais patience ! une heure est vite passée, et alors nous aurons ce que nous désirons ; les chevaux aussi n'en peuvent plus. Vite ! mon vieux Cloof, j'espère que nous rencontrerons bientôt une source. »

On commença la retraite ; mais elle ne fut pas aussi rapide que la poursuite. Les chevaux étaient fatigués, et Cloof avait fort à faire pour conduire la girafe, qui le plus souvent refusait d'avancer, comme si elle se doutait qu'elle allait perdre pour toujours sa liberté.

La chaleur devint presque intolérable. Aussi loin que la vue pouvait s'étendre on n'apercevait nulle trace de végétation ; nos amis étaient dans une plaine sans eau, ayant au-dessus de leurs têtes un ciel d'airain et le soleil qui dardait ses rayons brûlants.

Les chevaux, couverts de sueur, haletaient et laissaient pendre leur langue; les cavaliers avaient peine à se tenir en selle.

« Mille éclairs ! s'écria le général après un silence de près d'une heure, cela commence à devenir fort désagréable. Voyons, Cloof, ne sens-tu pas encore de l'eau ? »

Cloof secoua la tête.

« Je ne sais pas, dit-il, la contrée m'est tout à fait inconnue; nous avons dû prendre une fausse direction, sans cela nous aurions déjà rencontré une rivière. Nous nous sommes probablement avancés trop à l'est.

— Bien ! ou plutôt mal ! répondit le général. Il faut donc nous tenir plus à l'ouest maintenant. Ce désert aride finira, j'espère.

« Allons, courage, mes enfants, et activons un peu les chevaux. »

On donna de l'éperon aux montures; elles prirent un galop lourd, mais se remirent bientôt au pas.

Une heure se passa. On ne voyait encore que le désert.

« Cela ne peut durer, dit le général en arrêtant son cheval. Cette poursuite désordonnée nous a tout à fait désorientés, et je ne sais vraiment quelle direction prendre. J'avoue que c'était une véritable folie que de courir sans compas dans le désert.

« Comment vous sentez-vous, mon pauvre Richard ? Et vous, Conrad, pensez-vous pouvoir vous soutenir encore quelque temps ? Sinon je ferai tuer un de nos chevaux pour nous désaltérer avec son sang.

— Pour l'amour du ciel ! n'en faites rien, général. Nous supporterons notre soif encore quelques heures plutôt que de voir tuer une de ces pauvres bêtes.

— Je n'ai pas faim, mais j'ai une soif horrible, dit Richard.

— Moi de même, dit Conrad ; mais à quoi bon se plaindre ? Nous avons commis une faute, il s'agit maintenant d'en supporter les suites. Avançons donc.

— Oui, mais changeons de tactique. M'est avis que nous ferons bien de laisser aller les chevaux où ils voudront. Parfois ils sentent l'eau à une très grande distance ; et, en tout cas, nous ne perdrons rien à faire cet essai. »

Personne ne fit objection à cet avis ; on mit les rênes sur le cou des chevaux. Les pauvres bêtes, épuisées, levèrent la tête, humèrent l'air, poussèrent un gémissement, et prirent une tout autre direction que celle qu'on avait suivie jusqu'alors.

« Courage ! s'écria le général, c'est bon signe. Vous verrez que nous trouverons bientôt une rivière. Ah ! comme les chevaux avancent ! ils ont autant soif que nous.

— Et la girafe de même, observa Conrad; elle ne refuse plus d'avancer, tant elle est altérée. »

L'espérance était revenue dans tous les cœurs. Une demi-heure plus tard, le désert commença à prendre un autre aspect. Quelques plantes se montrèrent, rares d'abord, puis de plus en plus épaisses à mesure qu'on avançait. Les chevaux hennissaient; ils tiraient sur les rênes, et les cavaliers avaient peine à les retenir. Cloof dut lâcher la corde qui retenait la girafe, car l'animal entravé ne pouvait suivre la course des chevaux; mais qu'importait?

Une fois désaltérée on la rattraperait vite, puisqu'elle ne pouvait courir. La girafe, du reste, les suivit tout le temps.

« Elle ne pense qu'à l'eau, et non à une fuite, dit le général. Elle sera facile à reprendre. »

On avançait au galop; cinq minutes plus tard on arriva à un tertre couvert d'arbustes. Les chevaux descendirent une pente. Un cri de joie s'échappa de toutes les poitrines : un clair ruisseau roulait dans son lit pierreux.

Tout le monde sauta de cheval. Hommes,

chevaux et girafe se désaltérèrent à longs traits.
Quand on eut enfin apaisé la soif, on se releva.
La girafe voulut prendre la fuite ; elle s'élança
sur les bords du ruisseau, qui semblait s'élargir.

Cloof sauta aussitôt sur son cheval et se lança
à sa poursuite ; il l'eut bientôt atteinte, et allait
revenir lorsqu'il poussa un cri de surprise.

Les chasseurs virent une grande autruche
gravir le tertre et disparaître à leurs regards.

« Une trouvaille magnifique ! s'écria Cloof en
faisant signe d'approcher ; un nid d'autruche et
beaucoup d'œufs ! »

Les chasseurs accoururent et furent agréablement surpris de voir un grand nid dans une
cavité peu profonde. La terre était soulevée tout
autour pour retenir les œufs dans leur position.

« Un, deux, trois, cinq, dix, trente œufs !
s'écria Cloof, dont la figure rayonnait de joie.
Et tous frais, comme s'ils n'étaient pondus que
d'hier. »

Richard et Conrad, qui n'avaient jamais vu
de nid d'autruche, remarquèrent que tous les
œufs étaient posés sur leur pointe. Ils en demandèrent la raison au général.

« Une nouvelle preuve de l'intelligence de l'autruche, que tout le monde croit si sotte, dit
celui-ci. Elle pose les œufs de cette façon pour
qu'ils prennent le moins de place possible, et

qu'un grand nombre puissent être couvés à la fois.

— Et pourquoi quelques œufs qui se trouvent hors du nid? Sont-ils mauvais?

— Non; mais ils sont là pour servir de nourriture aux petites autruches; quand elles sortiront de leur coquille, elles seront encore trop jeunes pour digérer les plantes dont les autres se nourrissent.

— Et combien de temps dure l'incubation?

— Trente-six à quarante jours. C'est long; mais les autruches s'arrangent de façon à faire partager à plusieurs d'entre elles l'ennui de couver. Au temps de la ponte, le mâle s'associe deux ou plusieurs femelles. Celles-ci posent leurs œufs dans le même nid, et tous ces oiseaux se relayent pour couver; le mâle remplace les femelles pendant la nuit. Alors il doit défendre les œufs contre les animaux carnassiers, comme le chacal, le chat-tigre, etc., qui en sont très friands.

« Bien souvent on trouve près du nid un de ces animaux tué par un coup de la patte puissante de l'autruche, car celle-ci a une telle force, que d'un seul coup elle brise facilement même les os d'un homme. Il est donc heureux que nous n'ayons pas eu besoin de combat pour nous emparer du nid.

« Nous allons donc faire un excellent repas, que notre faim assaisonnera encore.

— Il est dommage de manger ces œufs crus, dit Conrad en riant; si nous avions une poêle, on aurait pu faire une bonne omelette.

— Soyez sans crainte, Cloof fera d'excellents œufs bouillis.

— Sans poêle et sans autres ustensiles? Vous voulez nous en donner l'envie, général.

— Non, non, c'est sérieux. Pour le moment, prenons chacun un œuf, et nous allons voir comme maître Cloof est un bon cuisinier. »

On prit donc quatre œufs, pendant que Cloof cherchait en toute hâte un peu de bois sec; il y mit le feu, et attendit que tout le bois fût réduit en braise.

Avec son couteau de chasse, il coupa un bout de l'œuf, posa l'autre dans la braise, et à l'aide d'un petit bâton il remua l'intérieur jusqu'à ce qu'il fût suffisamment cuit. On y ajouta un peu de sel; le Hottentot en portait toujours dans sa gibecière.

Les chasseurs, affamés, trouvèrent ces œufs bouillis si bons, que chacun finit presque le sien, bien qu'un œuf d'autruche représente environ vingt-quatre œufs de poule.

« Nous voilà cuirassés pour longtemps contre les terribles ennemis de l'homme : la faim et la

soif. Il me semble que nous ne ferons pas mal
de tâcher de retrouver nos compagnons, qui
doivent être inquiets de notre absence. Crois-tu
que nous en soyons bien loin, Cloof?

— Maître ne voit pas les traces de chevaux
par ici? Nous avons déjà passé dans ce lieu,
et nous ne pouvons manquer de retrouver les
autres. »

Cette nouvelle causa un grand plaisir aux chasseurs. Chacun prit encore un œuf d'autruche
dans sa gibecière, puis on se mit à la recherche
des autres chasseurs. Une demi-heure après, la
petite troupe entendit à intervalles égaux des
détonations d'armes à feu.

« Ah! ah! dit le général, ce sont les fusils
d'Antoine et d'Augustin. Les deux braves garçons sont probablement fort inquiets, et se servent de ces coups de feu pour nous faire des
signaux. Nous allons leur répondre. »

Les coups tirés par nos amis firent accourir
Antoine et Augustin, qui ne savaient comment
s'expliquer l'absence prolongée de leurs compagnon. La vue de la petite girafe leur en fit de-
viner la cause.

« Combien d'autruches avez-vous tuées? demanda le général après avoir secoué amicalement
la main du jeune chasseur.

— Dix, monsieur le général; et, de plus, les

deux girafes; c'est moi qui ai tué l'une au commencement de la chasse.

—Et moi l'autre, dit Conrad en souriant; oui, oui, mon cher Antoine, il y en a encore d'autres que vous pouvant montrer leur habileté. Je voudrais bien emporter la peau d'une de ces girafes pour la faire empailler en Europe. Elle ornerait mon cabinet d'étude.

— Elles sont déjà dépouillées, dit Augustin; nous avons de même préparé quelques autruches pour être empaillées, et nous n'avons pris des autres que les plumes, dont nous possédons une jolie collection : chaque autruche nous en a donné à peu près quarante.

— Bon! dit Richard, la moitié appartient de droit au général; quant aux autres, nous allons nous les partager pour les porter à nos parents d'Europe. Cela leur fera plaisir, n'est-ce pas, Conrad?

— Certainement; les dames surtout aiment ces sortes de cadeaux; mais, puisqu'on a fait déjà tout le nécessaire, comment allons-nous employer notre temps?

— Nous allons retourner vers le campement, » répondit le général.

Avant l'entrée de la nuit nos amis avaient déjà fait un quart du chemin pour retrouver le campement, de sorte que le lendemain ils arrivèrent encore assez tôt pour emballer tous les trésors qu'ils avaient acquis pendant leur séjour dans l'intérieur des terres.

On partit ensuite de bonne heure; la jeune girafe était attachée à un des chariots; et comme elle ne pouvait pas s'enfuir, on lui avait ôté les entraves des jambes.

Richard et Conrad étaient fort satisfaits de leur excursion; Antoine affirmait n'avoir jamais été si heureux de sa vie, malgré la blessure que lui avait faite le buffle; Augustin était fier des riches plantes qu'il rapportait.

XIII

Pendant leur retour à la ville du Cap, nos amis admirèrent de nouveau la richesse de la végétation avec laquelle la nature pare les contrées du sud de l'Afrique. Ils avaient peine à croire le général quand celui-ci leur disait que, pendant la sécheresse, toutes ces vertes prairies se changeaient en un désert stérile et nu.

Ils rencontrèrent aussi des troupeaux d'antilopes, de gnous et de gazelles, et même de singes, surtout le grand babouin qui peuple les monts de l'Afrique du sud. Ils admiraient les mouvements agiles de cet animal grand et fort, qui saute d'un rocher à un autre avec une hardiesse incroyable.

« Ce sont d'étranges animaux que ces babouins, avec leur fourrure brun-vert et leur tête ressemblant à celle des chiens, dit Conrad lorsqu'il les vit pour la première fois. Ce singe est-il méchant?

— Point du tout, et vous voyez qu'il est aussi grand qu'un chien de Terre-Neuve. Le babouin est un être inoffensif qui n'attaque jamais les hommes, à moins d'être grandement provoqué. Mais alors il est dangereux et sait faire un usage terrible des armes que la nature lui a données. Ses dents ont presque un pouce de longueur, et malheur à celui qui en fait l'expérience! L'animal se défend avec succès même contre les hyènes et les léopards. Il cherche généralement à prendre son adversaire à la gorge et à lui ouvrir la carotide.

— Et mange-t-il ses adversaires vaincus? demanda Richard.

— Non, il n'est pas carnassier; sa nourriture consiste en fruits et en racines; parfois il visite les vergers et les jardins des colons; c'est le seul dommage qu'il fasse.

— Le babouin vole des enfants, dit Cloof, qui, depuis l'aventure de l'éléphant, se tenait toujours près de nos amis.

— C'est sans doute une erreur, remarqua le général, jamais je ne l'ai entendu dire.

— Je l'ai vu une fois de mes propres yeux, assura le vieillard.

— Racontez-nous cela, Cloof, demanda Richard.

— Volontiers. Avant d'entrer au service de maître général, j'étais valet chez un colon à Wynberg, village situé à trois lieues de la ville du Cap; c'est son enfant qui fut volé par un babouin. Voici comment :

« La mère avait emporté le petit aux champs et l'avait mis sous un arbre tandis qu'elle vaquait à ses travaux. Tout à coup elle l'entendit crier, et, lorsqu'elle regarda, elle vit une vingtaine de babouins qui tous s'enfuyaient vers la montagne, et dont un avait pris l'enfant. Je vous laisse à imaginer la frayeur de la pauvre mère. Elle rentra dans le village en criant, et nous ordonna de poursuivre les singes. Elle n'avait pas besoin de le dire deux fois, car nous aimions nos maîtres, et leurs peines étaient les nôtres.

« Nous prîmes les premières armes qui nous tombèrent sous la main, et nous nous élançâmes à la poursuite des babouins, que nous trouvâmes dans la montagne. A notre aspect, les singes prirent la fuite; mais je ne perdis pas des yeux le babouin qui portait le petit Paul. Celui-ci vivait encore, car je l'entendais pleurer et je le voyais tendre ses bras.

« Cette vue m'alla au cœur, et la pitié que je ressentis pour le pauvre enfant et la malheureuse

10*

mère décupla mes forces. Nous gravîmes en courant une montagne d'une hauteur de trois mille pieds. Arrivé au sommet, je vis le singe faire un bond désespéré et disparaître. Je perdis tout espoir de revoir l'enfant; j'avançai toutefois pour savoir ce qu'il pouvait être devenu.

« Quelle ne fut pas ma surprise en le voyant déposé dans l'herbe!... mais point de traces du babouin. Il est probable que celui-ci avait jeté l'enfant parce qu'il l'empêchait de fuir assez rapidement. Je renonce à décrire le bonheur de la mère quand je lui rapportai son petit Paul.

— Je ne doute pas de ce que tu racontes, dit le général; toutefois c'est une preuve que le babouin n'est pas méchant, car il aurait tué ou maltraité l'enfant.

« Je pense que c'était une femelle qui avait perdu son petit et voulait le remplacer. L'affection de ces animaux pour leur progéniture est vraiment touchante; plus d'une fois j'ai eu l'occasion de m'en convaincre.

« Une bande de babouins était entrée dans les vergers d'un de mes amis. On les chassa alors avec des chiens et à coups de fusil. Sans songer à leur propre sûreté, même sous une grêle de balles, les femelles revenaient chercher leurs petits. »

Ces conversations intéressantes et instructives

faisaient paraître à nos amis le chemin moins long. Le second jour après leur départ du campement, ils arrivèrent près d'un fleuve dont les eaux avaient beaucoup grossi depuis la dernière pluie.

« Il nous faut chercher un gué, dit le général ; en connais-tu, Cloof ?

— Oui, à une lieue d'ici on en trouve un où nos chariots pourront passer. Je l'ai indiqué à Pick.

— Bien ! en ce cas nous n'avons pas besoin de les avertir. Longeons la rivière jusque-là. »

On avait à peine fait une centaine de pas, lorsque le sol devint marécageux ; il fallut donc faire un détour.

« Il me semble que nous ferons mieux de traverser la rivière ici, dit Richard ; l'eau ne paraît pas bien profonde.

— Nous pouvons toujours essayer, » répondit le général, et il poussa son cheval en avant.

Celui-ci refusa d'abord d'avancer ; mais, excité par l'éperon et la cravache, il fit un bond et s'élança dans la rivière.

A peine avait-il fait quelques pas, qu'une forme gigantesque se montra. Le général, effrayé de cette apparition soudaine, retourna au plus vite au rivage.

« Un hippopotame ! » s'écria Cloof joyeusement

en armant sa carabine, tandis que Conrad et Richard regardaient avec stupéfaction cet animal gigantesque, de la présence duquel ils ne s'étaient pas doutés.

« Mille éclairs! voilà une surprise! s'écria le général; ce coquin aurait pu me jouer un mauvais tour. Avez-vous vu de quelle façon aimable il ouvrait la gueule? Un moment j'ai craint qu'il ne m'avalât avec le cheval. Où est-il maintenant?

— Il a plongé de nouveau et nage probablement entre deux eaux, répondit Cloof. Nous n'avons qu'à retourner un peu sur nos pas pour revoir sa tête informe.

— Ne vaudrait-il pas mieux ne pas le poursuivre, général? dit Richard avec une certaine inquiétude.

— Non, non, mon ami; les Hottentots ne nous pardonneraient jamais de ne pas l'avoir tué. N'est-ce pas, Cloof? »

Cloof se lécha les lèvres en fermant les yeux :

« L'hippopotame est le plus délicieux de tous les rôtis, dit-il avec gourmandise. Ce serait cruel d'en priver les Hottentots.

— Vous l'entendez, mon cher Richard, dit le général en souriant. De plus, il n'y a guère de danger à le tuer, surtout quand les rives sont aussi escarpées qu'en cet endroit. Venez toujours, nous ne devons pas priver nos gens d'une telle fête, et puis vous constaterez de plus ce qu'un homme est capable de manger. En avant, Cloof ! »

Il n'avait pas besoin de répéter cet ordre. Le vieux chasseur suivait déjà la rivière, dont il ne détachait pas les yeux. Une centaine de pas plus bas, il arrêta son cheval, montra le fleuve et dit à voix basse :

« Le voilà ! »

Le général fit un signe d'assentiment, mais Richard dit :

« Je ne vois rien, et il me semble pourtant que cet animal est assez grand pour être facilement aperçu.

— Ne voyez-vous rien là-bas?

— Si fait, un morceau de vieux bois. »

Cloof riait.

« Ce morceau de bois est la tête de l'hippopotame, dont le corps est sous l'eau.

— Cloof a raison, dit le général; maintenant il nous faut mettre pied à terre et tâcher d'arriver à portée de fusil sans être vus. Si nous ne le tuons pas du coup, nous n'en aurons rien, car il plongera aussitôt et s'enfuira sous l'eau. Le mieux est de charger avec des balles de fer; le plomb s'aplatirait sur son crâne. Je compterai trois, puis nous tirerons tous en même temps. Visez les yeux ou le front; une ou deux balles toucheront bien le but, et le colosse sera à nous. »

La troupe avança doucement jusqu'à une cinquantaine de pas de la bête.

« Halte! murmura le général; que chacun vise : un, deux, trois! »

A ces mots les six carabines firent feu. Un nuage de poudre entoura nos amis; ils ne purent voir tout de suite le succès de leur chasse; Richard fut le premier à s'en apercevoir.

« Manqué! s'écria-t-il; le voilà qui s'en va à la nage!

— Mille éclairs! s'écria le général, c'est trop fort! le voilà qui nage. Nous, Antoine, nous avons cette fois tiré misérablement. »

Cloof avait suivi le colosse; il revint en toute hâte.

« Ne vous désolez pas, maître, dit-il; l'hippopotame nage, il est vrai, mais ce sont les eaux qui le portent; il est mort. Ne voyez-vous pas comme les vagues le poussent tantôt d'un côté, tantôt d'un autre? Il s'arrêtera certainement près de l'endroit où nous l'avons découvert, car la rivière n'y est pas si profonde qu'ici.

— Mille éclairs! il a raison, s'écria le général avec vivacité. Nous sommes de meilleurs tireurs que je ne disais. Quelle honte pour six chasseurs s'ils n'avaient pu frapper un but immobile! »

Tous descendirent à la hâte le fleuve jusqu'à la place désignée; l'hippopotame y était, en effet, arrêté.

« Nous aurons du mal à le tirer sur le rivage, dit le général. Ce colosse pèse au moins trois mille livres.

— Nous y parviendrons, dit Cloof, qui savait toujours se tirer d'affaire. Je vais aux chariots, qui sont à peine à une demi-lieue d'ici, et je les amène. A l'aide de mes camarades et des bœufs, nous hisserons facilement la bête.

— C'est une bonne idée, s'écria le général. Vas-y tout de suite.

— Je pars, répondit Cloof.

— Cette nouvelle va causer une explosion de joie parmi les Hottentots, dit le général. Je vous préviens que nous ne pourrons pas partir d'ici avant demain matin. Ces nègres aiment trop la viande de l'hippopotame pour consentir à en laisser le moindre morceau. De plus, la peau a beaucoup de valeur, et sera fort bien payée au Cap.

— A quoi l'emploie-t-on? demanda Richard; elle semble trop épaisse pour faire des bottes.

— En effet, car elle a plus d'un pouce d'épaisseur; mais on en fabrique d'excellentes cravaches qui ne s'usent jamais.

— Notre chasse a donc aussi son côté utile,

dit Conrad; je croyais que nous ne tuions l'hippopotame que pour en délivrer la contrée.

— Non, non; notre butin est, au contraire,
bien considérable. C'est pourquoi on chasse beaucoup ces pachydermes. Ces animaux commencent
même à devenir rares dans la colonie du Cap, et
c'est un heureux hasard que nous en ayons rencontré un.

— Quel énorme animal! s'écria Antoine; je
pense que c'est un des plus grands qui existent.

— Vous vous trompez, mon ami, il est au
contraire fort jeune; je ne vois pas encore ses
défenses. Néanmoins vous vous convaincrez
bientôt que ce *petit* hippopotame pèse au moins
autant que deux forts bœufs.

« Ah! ah! voilà nos Hottentots qui arrivent.
Entendez-vous leurs cris de joie! »

Cinq minutes après, tous les membres de la
caravane étaient rassemblés autour de l'animal
mort. Les Hottentots ne savaient comment exprimer leur plaisir.

« Voyons, ne restez pas là comme des sots,
cria Cloof; venez par ici, et aidons ce veau à
sortir de là. Avancez les bœufs, et passez-moi
la corde. »

On lui obéit promptement. Pick et lui se dé-
pouillèrent ensuite de leur blouse, et entrèrent
dans la rivière. Ils attachèrent le corps gigan-

tesque et revinrent ensuite au rivage. Les bœufs
tirèrent les cordes, et un quart d'heure après
l'hippopotame était hissé sur la berge.

Nos amis purent alors regarder à leur aise la
structure immense de l'animal, qui paraissait
encore plus gigantesque hors de l'eau. Il n'avait
point de poils sur le corps; près de la queue, des
oreilles et de la gueule se trouvaient quelques
soies. La queue n'avait qu'un pied de long.

Les oreilles et les yeux étaient petits; la
gueule, au contraire, très grande en comparai-
son des autres parties du corps. Les défenses
manquaient encore, comme le général l'avait dit.

« Nous allons voir par combien de balles il a
été atteint, dit le général en regardant la tête.
Voici la première, sur le front, entre les deux
yeux; elle ne lui a rien fait, puisqu'elle n'a pas
pu pénétrer. Voici la seconde : c'était un bon
coup, c'est elle qui a cassé l'os nasal. Voici la
troisième et la quatrième; la cinquième l'a ef-
fleuré seulement. Mais où est la sixième? car de
ces quatre coups pas un seul n'était mortel.

— Regardez un peu l'œil droit, monsieur le
général, dit Antoine; je l'ai visé, et il me semble
l'avoir atteint. »

On tourna avec peine la bête difforme, et on
vit quelques gouttes de sang à côté de l'œil, qui
semblait pourtant intact.

Le général riait.

« Vous vous êtes trahi vous-même, Antoine, dit-il ; l'œil est intact, votre balle a donc manqué son but.

— Cela ne se peut, répondit Antoine vivement, ma main n'a pas tremblé ; la balle doit être sinon dans l'œil, du moins tout près.

— Venez vous en convaincre, dit le général. Vous avez manqué votre coup ; cela peut arriver au meilleur tireur. »

Antoine se baissa, examina la tête, puis, poussant un cri de triomphe, il s'écria :

«Voilà le trou de ma balle ; elle est entrée tout près de l'œil, et doit être dans le crâne. Je savais bien que je n'avais pas manqué mon but.

— Vous avez raison, dit le général après avoir examiné la blessure presque imperceptible ; c'est donc à vous que nous devons notre gibier, car c'est la seule balle qui l'ait blessé mortellement.

— J'aurais eu bien honte si je l'avais manqué, dit Antoine. Le rôti me semblera meilleur après cela.

— Alerte, mes garçons ! dit alors le général aux Hottentots ; dépouillez ce monstre, et voyons s'il est gras. »

Les esclaves ne se firent pas répéter deux fois cet ordre. Ce fut en jubilant et en poussant des

cris de joie qu'ils se jetèrent sur l'hippopotame.
On ôta la peau, épaisse de plus d'un doigt, et
qui fut immédiatement coupée pour l'usage qu'on
voulait en faire; puis on attaqua la chair.

Pendant qu'on était ainsi occupé, plusieurs
familles hottentotes des environs vinrent augmenter le nombre des travailleurs, afin d'avoir
aussi leur part du festin.

La plus grande partie du lard et de la viande
fut salée et portée dans les chariots; mais Richard fut stupéfait encore de la quantité qu'on
laissa pour l'usage immédiat.

Après un ouvrage de plus de trois heures, on
commença à allumer les feux pour faire rôtir les
parties destinées au repas. Des morceaux de plus
d'une aune de longueur furent embrochés à de
grands bâtons qu'on faisait tourner autour des
brasiers.

« Il n'est pas possible que les Hottentots ici
présents puissent manger le quart de ce qui se
cuit, dit Richard; cela suffirait à la moitié d'une
armée.

— Vous n'avez aucune idée de ce que ces gens
peuvent engloutir, répondit le général en souriant. Les Hottentots étrangers dévoreront tout
de suite leur nourriture pour trois jours. Vous
serez stupéfait, mon cher Richard. »

Richard était déjà abasourdi en voyant que

ces hommes se bousculaient pour avoir une place près du rôti, sous lequel ils étendaient leurs mains pour prendre la graisse qui tombait, et qu'ils léchaient avec avidité. Puis ils se levaient, sautaient en l'air, fermaient les yeux, levaient tantôt une jambe, tantôt l'autre, se mettaient à danser, poussaient des cris de joie et des éclats de rire, et revenaient ensuite au feu pour l'attiser ou tâcher d'attraper encore un peu de graisse.

Quand enfin les rôtis furent prêts, les Hottentots s'assirent en rond autour des feux, et commencèrent à dîner, engloutissant à chaque bouchée des morceaux de viande gros comme le poing. Richard et Conrad ne furent pas seulement stupéfaits, mais encore dégoûtés d'une gloutonnerie pareille. Le général, plus habitué qu'eux aux coutumes des sauvages, riait.

« Ne vous l'ai-je pas dit? demanda-t-il. Il faut venir en Afrique pour apprendre à connaître ce que l'homme peut dévorer. Un rôti de dix-huit à vingt livres ne fait pas peur à un Hottentot. Mais, puisque tout le monde est à table, prenons place sur l'herbe. Voici Cloof avec un morceau d'hippopotame qui me semble cuit à point. Servez-vous, et n'oubliez pas que de longtemps vous n'aurez un mets pareil. »

Nos amis étaient affamés, et ne se firent point répéter l'invitation. Le rôti, du reste, leur sembla excellent, et Richard remarqua qu'il commençait à mieux comprendre la joie et l'appétit des Hottentots.

Ceux-ci, après leur festin, s'étendirent sur l'herbe et dormirent pendant deux à trois heures. Mais alors le général les fit éveiller, et, après avoir donné encore de grandes quantités de viande aux familles accourues, la caravane s'éloigna de quelques lieues de l'endroit, car le général craignit à bon droit que pendant la nuit l'odeur du sang n'attirât trop de bêtes sauvages.

Le soir du cinquième jour après leur départ du campement, ils rentrèrent enfin dans la ville du Cap. Pendant le souper, Richard ne put s'empêcher de dire :

« C'était, en effet, une excursion des plus intéressantes et des plus amusantes que celle que nous avons faite, et toute ma vie je penserai avec plaisir aux solitudes africaines avec leurs lions, leurs buffles, leurs éléphants, leurs antilopes et leurs autruches...; mais, pour dire toute ma pensée, après ce voyage je n'apprécie que mieux les agréments de la vie civilisée.

— Certainement, dit le général, la civilisation a ses charmes; mais j'aime beaucoup la vie errante que nous avons menée.

— Raison de plus, dit Conrad à son tour, pour mettre à exécution votre idée de venir à Ceylan.

Je vous préviens que nous renouvellerons cette demande jusqu'à ce que vous l'ayez exaucée.

— Sachez bien, mon cher général, s'écria Richard, que désormais notre voyage sans vous nous paraîtrait privé de son principal intérêt. Rien ne vous retient ici, ne résistez donc pas à nos prières réunies. Dieu seul sait combien nous vous serons reconnaissants.

— Patience ! répondit le général en souriant, il nous reste encore un peu de temps pour réfléchir ; il s'agit d'abord de nous reposer comme il faut de nos fatigues ; nous reparlerons donc plus tard de Ceylan. Toutefois je vous avoue déjà qu'il faudrait une raison bien grave pour m'empêcher de vous accompagner. Cela vous contente-t-il ?

— Certainement, car c'est une promesse, » s'écrièrent les jeunes gens en secouant la main que le général leur tendait.

Si nos jeunes lecteurs ont aussi envie d'accompagner nos amis dans leur nouveau voyage, je les prierai de lire l'ouvrage du même auteur, intitulé : *Voyage à Ceylan.* (Même librairie.)

FIN

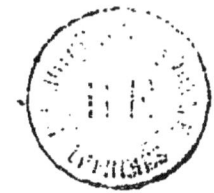

TABLE

—

16292. — Tours, impr. Mame.

Original en couleur

NF Z 43-120-8

www.ingramcontent.com/pod-product-compliance
Lightning Source LLC
Chambersburg PA
CBHW061439030726
47503CB00005B/1482